Jan Nebelfrost

Alkoholsucht durchgespielt

Jan Nebelfrost

Alkoholsucht durchgespielt
Erzählung

Alle Rechte liegen beim Autor Jan Nebelfrost

Copyright © 2023

Herstellung und Verlag:
BoD – Books on Demand, Norderstedt
ISBN: 9783741283741

Inhalt

1. Kapitel - Vorstellung der Familie	8
2. Kapitel - Vorstellung der Verwandten	13
3. Kapitel - Kindergartenzeit	15
4. Kapitel - Erinnerungen aus der Kindheit	17
5. Kapitel - kriminelle Energie im Kiosk	21
6. Kapitel - Spiel mit dem Feuer	24
7. Kapitel - Judoverein	27
8. Kapitel - Unfälle in der Kindheit	31
9. Kapitel - Schwimmen lernen	35
10. Kapitel - Scheidung der Eltern	36
11. Kapitel - vom Bauernhof ins Ghetto	41
12. Kapitel - Es wurde wild	53
13. Kapitel - Orientierungsdefizite	59
14. Kapitel - Kontrollverlust	65
15. Kapitel - Auf und davon	72
16. Kapitel - zurück zur Heimatstadt	78
17. Kapitel - den großen Max markieren	90
18. Kapitel - Magic Mushrooms	94
19. Kapitel - Hart drauf	101
20. Kapitel - Erster Therapieversuch	103
21. Kapitel - Trampen	110

- 22. Kapitel - Groningen im Knast 114
- 23. Kapitel - zwei Wochen JVA & Gerichttermin 117
- 24. Kapitel - nicht allein 121
- 25. Kapitel - forensische Psychiatrie 126
- 26. Kapitel - wieder ohne Ziel 131
- 27. Kapitel - Zweite Bude 137
- 28. Kapitel - kleine blaue Pille 144
- 29. Kapitel - Bundeswehr 155
- 30. Kapitel - Ärztliches Gutachten 159
- 31. Kapitel - von der Straße zur Freundin 160
- 32. Kapitel - Gerichtsverhandlung 164
- 33. Kapitel - Therapie Vorbereitung - Entgiftung 167
- 34. Kapitel - stationäre Therapie 169
- 35. Kapitel - ambulante Therapie - Resozialisierung 174
- 36. Kapitel - Neuanfang 176
- 37. Kapitel - Epilog 178

1. Kapitel - Vorstellung der Familie

Zu meiner Person: Ich spielte gerne mit Spielzeugautos, hatte einen eigenen Plattenspieler und auch ein Kassettendeck. Ich hörte sehr gerne Musik. Eines Tages baute unser Vater im Kinderzimmer, links neben dem Fenster ein Regal auf. Auf dem Regal befand sich nach kurzer Zeit ein Personal Computer. Erst ein Commodore VC-20, später ein C64. Mein Vater hat diesen oft für sich in Beschlag genommen und seitenweise Code aus der Zeitschrift »64er« abgetippt. So tippte er tagelang Code aus dem Heft ab, nur damit irgendwann ein blauer Heißluftballon aus »Sprites« auf dem Monitor hin und her flog. Dieses Erlebnis war für mich sehr imposant. So sah ich damals schon, dass man mit dem »Brotkasten« mehr machen konnte, als nur zu spielen.

Mein zwei Jahre jüngerer Bruder Lothar hatte meinem Gedächtnis nach nie Schwierigkeiten in der Schule. Es war für ihn kein Thema. Er hatte eine eher normale Statur. Meine Statur dagegen ähnelte eher der von Papa. Lothar interessierte sich schnell für die Sportart Fußball. Wenn man ihn suchte, gab es nicht viele Möglichkeiten. Entweder fand man ihn auf dem Fußballplatz oder auf dem Bolzplatz. Mit Lothar habe ich mich meist gut verstanden. Viele Male spielten wir zusammen im Zimmer mit den Spielzeugautos oder mit Spielfiguren. Meist spielten wir dann Szenen aus der Fernsehserie »Masters of the Universe« nach.

Mama war immer fleißig und liebevoll. Neben den ganzen Aufgaben eines Haushaltes hatte Sie oft noch nebenbei andere Arbeit. Aber Sie war auch oft weg, um mit dem Putzen Geld zu verdienen. Mama schaffte es allerdings immer, dass die Wohnung sauber war. Sie war ein wahres Organisationstalent. Früher lernte Sie den Beruf Löter. Mama strickte oder häkelte gerne. Und Mama schaute gerne Gruselfilme. Eines Abends schlich ich heimlich bis zum Eingang des Wohnzimmers und lauerte, was Mama sich im Fernsehen anschaute. Und ich sah im Fernseher, wie sich ein Mensch in einen Werwolf verwandelt. Wie ich Jahre später erfuhr, war es der Film »American Werewolf in London«. Es war für mich extrem gruselig und ich ging leise zurück ins Bett. Nachts hatte ich einen fiesen Albtraum. Ich wurde wach und heulte. Als Mama kam, erzählte ich ihr, dass ich lauerte und Sie beruhigte mich.

Papa war groß und schlank. Er lernte Kfz-Mechaniker, arbeitete allerdings als Lkw-Mechaniker für eine Spedition. Er hatte entweder Früh- oder Spätschicht. Hin und wieder auch mal Bereitschaftsdienst. Als Hobby bastelte er gerne an Modellbausätze der Marke »Revell«. Neben der Aquaristik interessierte er sich für Elektronik. Oft hat er einfach an kleine Elektronikteile für seine Modelle herumgelötet. Ein größeres Projekt und sein ganzer Stolz, war eine auf einer Holzplatte montierte Landschaft mit einer Modelleisenbahn. Die Platte war hinter der Wohnzimmertür montiert und konnte einfach hoch- oder heruntergeklappt werden. Er versuchte oft, mich für das Thema Elektronik zu begeistern. Aber Elektronik oder Strom waren für mich nie interessant oder mein Ding.

Oma und Opa von Papas Seite waren sehr, sehr lieb und stets zuvorkommend. Opa hatte ich überwiegend schlafend auf der Couch in Erinnerung. Oma wie Sie sich liebevoll um Hansi, Ihren Wellensittich kümmerte. Opa und Oma schenkten mir zum zehnten Geburtstag ein rotes BMX-Rad. Sie wohnten im ersten Stock direkt an der Straße. Es gab einen kleinen Garten mit einem Kirschbaum. Oma stellte für die Vögel oft Körner in einer kleinen Schale außen auf das Fensterbrett. Bei kälteren Jahreszeiten hing Sie Meisenknödel im Garten auf. Ganz allgemein hatte Sie für die Vögel immer etwas über. Wenn am Wochenende Besuch kam, gab es für die Erwachsenen gerne mal ein Pinnchen mit Weinbrand. Ich fand den Geruch schon immer interessant. Oft versuchte ich als kleiner Bengel, die Reste zu trinken. Manchmal konnten die Erwachsenen es nicht verhindern, weil ich das überraschend schnell machte. Da wurde also ein kleiner Gag von gemacht. Auf dem begehbaren Dachboden, spielten ich und meine Cousine Tatjana sehr häufig.

Oma und Opa von Mamas Seite waren auch immer sehr, sehr lieb. Sie wohnten auf einen Bauernhof, zogen aber auch einmal zu einem anderen Hof um. Früher hatten Oma und Opa Kühe, Schweine, Wolfshunde, Hühner, Gänse, Ponys und Schäferhunde. Da meine Mama insgesamt zwölf

Geschwister hatte, war auf dem Hof immer ganz schön viel los. Am Wochenende kamen noch andere Verwandte oder Bekannte zu Besuch. Und dann sagte Opa zu einem seiner älteren Kinder: »Los, mach die Kutsche fertig, wir fahren eine Runde. Oder zwei«. So wurde dann die Kutsche rausgeholt und Opa hat uns Kinder dann durch die Bauernschaft gefahren. Das war wirklich toll. Ich war der älteste Enkel und so zeigte Opa mir immer Scherze, zum Beispiel, wie er andere auf eine fiese Art und Weise triezt. Opa war hochgradiger Kettenraucher und rauchte meist vier Schachteln am Tag. Einmal saß er im großen Wohnzimmer und ich saß neben ihm – wir schauten Fernsehen. Er steckte sich eine Zigarette an und meinte zu mir »Guck mal«. Dann zog er ein paar Mal von seiner Zigarette und wartete, bis seine Tochter Hilde kam. Hilde lief oft hin und her und war eine äußerst rastlose Person. Als Sie kam, aschte er dann plötzlich einfach auf den Teppich und rief: »Los Hilde! Hol mal den Staubsauger! Hier hat einer hingeascht!«. Oma und Hilde kochten immer zusammen für alle und waren ein eingespieltes Team.

Einmal, da war ich ungefähr acht oder neun, ging Opa mit mir hinten zu der Wiese bei den Ponys. Da rief er ein Pony herbei und meinte: »Los, setz dich mal drauf. Du kannst eine Runde reiten.« Ich ahnte keinen Hinterhalt und schwang mich auf das Pony. Da meinte Opa nur noch: »Halt dich an der Mähne fest!« und kaum griff ich zu, gab er dem Pferd einen dicken Klaps auf den Hintern. Das

Pony galoppierte mit mir durch die Wiese und ich hatte voll Schiss herunterzufliegen. Das Pony beruhigte sich relativ schnell und blieb nach einer halb Runde über die Wiese stehen. Nicht ganz ungefährlich.

2. Kapitel - Vorstellung der Verwandten

Meine Cousine Tatjana, also die Tochter der Schwester von Papa, war für mich »meine beste Freundin«. Sie war ein wenig älter wie ich und spielte immer mit mir zusammen, wenn wir bei Oma waren. Sie spielte gerne mit Barbiepuppen und hörte wie ich auch gern Musik. Wir schaukelten uns gegenseitig in einer Hängematte. Wir pflückten zusammen Kirschen in Omas Garten und malten mit Kreide Straßen auf den Betonboden. Wir hörten zusammen die Lieder der neuen, deutschen Welle. Tatjana war für mich – ohne das Sie es vielleicht wusste, eine der wichtigsten Personen meiner Kindheit. Es war eine sehr vertraute Bindung. Mit Ihren jüngeren Brüdern verstand ich mich immer gut. Auch mit Ihnen spielte ich, wenn diese bei Oma zu Besuch waren. Aber eben lange nicht so viel, wie mit meiner Cousine.

Mit den Kindern von Mamas Geschwister konnte ich nur spielen, wenn wir auf den Bauernhof waren. Dort waren wir aber eben seltener als bei meiner Oma in der Stadt. Aber hier machte es dann auch Spaß, weil die Spielzeuge ganz andere waren. Dort gab es natürlich auch viel mehr Platz. Draußen konnten wir mit kleinen Spielzeugtreckern herumfahren und Bauernhof »spielen«. Natürlich war es auch niedlich, sich all die ganzen Tiere anzusehen. Auch die ganze Natur drumherum lud sehr zum Entdecken ein. So fand man sehr schnell irgendwelche Insektenarten, die man in einer Wohnung im zweiten Stock eher selten bis gar nicht antreffen würde. Dort übernachteten wir am Wochenende in einem eigenen Zimmer für Gäste. In den Wintermonaten war es oft so sehr kalt, dass man uns einen Radiator ins Zimmer stellte. Zum Einschlafen bekamen die Kinder eine Wärmeflasche mit ins Bett, damit man besser einschlafen konnte und sich nicht erkältet. Wir waren oftmals so viele Kinder, dass wir an mehreren Tischen verteilt essen mussten. Es gab oft Omas perfekte Graupensuppe. Der Geschmack dieser guten Graupensuppe verewigte sich in meinem Gehirn.

3. Kapitel - Kindergartenzeit

Ich fühlte mich zunächst wie ein normaler Junge. Nur in groß mit langen, dünnen Beinen. Meine lange, dünne Statur sah komisch aus. Und weil ich so groß war, dachten die anderen Kinder, es wäre ein ungerechter Vorteil. Einige wurden neidisch und fingen an, mich zu hänseln. Wie kann es ein Vorteil sein, wenn man gehänselt wird? Im Kindergarten erfuhr ich, wie man sich danach fühlt. So gab es im Kindergarten schöne Momente, die meisten jedoch waren traurig. Durch meine lange, dünne Statur wurde ich als »langer Lulatsch« oder »Bohnenstange« bezeichnet. Das tat sehr weh und machte mich misstrauisch. Zu Karneval war ich einmal als Frau verkleidet. Es war kein Problem, so wollte ich doch auch gefühlt ein Teil der Gruppe sein. Und normal sein, nicht ständig traurig. Ich wünschte mir oft, meine Größe wäre ein Vorteil gewesen. Es war genau das Gegenteil. Ich war zwar der Größte, wurde aber mit fast täglicher Hänselei »bestraft«. Als wir mal im Kreis saßen, sollte jeder mit einer Glocke seinen Vornamen in Silben unterteilen. Als ich dran war, sang ich: »Ja – han«. Das war natürlich falsch, richtig wäre einfach: Jan. Ich schämte mich dafür, dass ich diese Aufgabe nicht hinbekam.

Die Hänseleien kamen oft heimlich und nicht vorhersehbar. Ab dem zweiten Jahr entwickelte sich eine große Angst. Angst vor Hänselei, die ich im Kindergarten vielleicht wieder ertragen muss. Ich wusste nicht, ob und wann es erneut geschieht. Aber ich durchlebte jeden Tag die tief sitzende Angst. Ich entwickelte für mich die Strategie, möglichst für mich selbst zu sein. Auf keinen Fall im Fokus zu stehen und aufzufallen. Das war als großes Kind im Kindergarten schwierig durchzuhalten. Genau diese Aufgabe machte mich innerlich fertig. So zeigte ich möglichst keine Emotionen. Wollte zeigen, dass es mir nichts ausmachte. Nicht zeigen, das es mich verletzte. Und wenn es doch geschah, traf es mich hart. Aber trotzdem tat ich so, als würde es mir nichts ausmachen. Ich trug die traurigen Momente im Kopf und Herz mit nach Hause und schob diese sehr, sehr oft, mit sehr, sehr viel Musik beiseite. Musik half mir am besten.

4. Kapitel - Erinnerungen aus der Kindheit

Wir wohnten in einem relativ kleinen Hochhaus. Für eine Stadt wie Brokolt war dieses Hochhaus mit seinen drei oder vier Stockwerken nicht sonderlich prägnant. Wir wohnten in der zweiten Etage. Jede Etage hatte drei Wohnungen. Wir wohnten in der Mitte. Unten vor der Tür machte die Straße nach circa 25 Metern die nächste Linkskurve. Genau in der Mitte der Kurve gab es einen Weg zum Bolzplatz. Auf dem Weg zum Bolzplatz waren rechts auch kleine Wohnungen. In einer der Wohnungen wohnte damals auch einer der zwei Freunde, mit denen ich BMX gefahren bin. Daher nannte ich die beiden Freunde meine BMX-Freunde. Einer von den beiden zeigte mir auf unserer Straße, wie man auf dem Hinterreifen fahren kann. Oder wie man am Bolzplatz einen Abhang herunter springt. Danach kam Schotter und erst einige Meter weiter Rasen. Als ich eines Tages das Herunterspringen übte, rutsche beim Aufsetzen das Vorderrad zur Seite und bevor ich hinflog, schlug mir eines der Handgriffe in den Bauch. Das war überhaupt nicht gut. Leicht taumelnd schob ich mich und mein Rad nach Hause.

Mit unseren BMX-Rädern sind wir sehr oft durch den Wald gebrettert. Dort gab es einen guten Pfad, um mit dem BMX durchzufahren. Ins Industriegebiet habe ich mich nach einige Male auch allein getraut. Dort gab es am

Wochenende die Möglichkeit, auf den breiten Straßen richtig schnell zu fahren, ohne das groß man gestört wurde. Eine Kurve hatte es mir angetan. Ich dachte, dass ich diese eine Kurve so gut kenne, dass ich diese durchfahren könnte und dabei nach hinten schaue. Gesagt getan: Schön Anlauf genommen, vor der Kurve dann einfach den Schulterblick nach hinten gemacht. Ich war viel zu schnell, merkte kurz die Erhöhung des Parkplatzes und »BAM« flog ich gegen die Deichsel von einem Anhänger. Das BMX flog unter der Deichsel durch und mir schlug das Teil voll in den Magen. Kam nicht gut. Zum Glück hat das Rad nur ein paar Schrammen abbekommen und ich ein bisschen Bauchweh.

Als mein BMX an einem anderen Tag wieder mal einen Platten hatte, wollte ich dies einfach ungeschehen machen. So ging ich mit meinem Rad zur Hecke am Rande der beiden Hochhäuser und legte es hin. Das Loch am Reifen war ein wenig größer. Ich dachte mir, wenn ich es mit Pflanzen voll presse, wird der Reifen wieder hart. Und so fing ich an, von den Sträuchern die Blüten abzupflücken und in den Reifen zu stecken. Als ich nach etlichen Blüten merkte, dass das wohl nichts wurde, musste ich doch nach Hause und Papa den platt Reifen präsentieren. Bei der Reparatur im Keller fand er dann die Blüten im Reifen und schüttelte mit dem Kopf: »Wie kann man denn auf so eine blöde Idee kommen?«. Ich sagte: »Ich dachte, das wird dann wieder fest«. Na klar – aus einer weichen Blüte wird eine Harte.

Wenn ich bei Oma in der Stadt war, hatte ich dort zum Fahren immer ein rotes Klapprad. Ich fuhr gerne Fahrrad. Und so fuhr ich mit dem Rad immer fleißig um den Block. Später erkundete ich die Umgebung etwas weiter. Ich sah auch gerne Fernsehen. Schaute unheimlich gerne »Ein Colt für alle Fälle«, »Master of the Universe« oder »Knight Rider«. Das Auto war so modern, mit all diesen futuristischen Knöpfen. Die Knöpfe malte ich mir auf Pappe und klebte diese dann an das Lenkrad vom BMX-Rad. Da war ich in meiner Rolle. Da war ich cool. Ich träumte sogar mal davon, dass »KITT«, mich abholen kommt. Völlig durchgeknallt. Mit meinem Bruder spielte ich oft »He-Man« und »Skeletor«. Das waren Spielzeugfiguren von der Marke »Mattel«. Wir hatten davon ein paar Figuren und die beiden Burgen. Eine für »He-man« und eine für »Skeletor«. Natürlich wollte ich immer der blonde, starke He-Man sein.

Das Zimmer teilten wir uns. Auf meine Musikanlage, welche ich gefühlt schon immer hatte, war ich mächtig stolz. Nur die Musik war oft die gleiche. So war ich regelrecht vernarrt in »Modern Talking« oder »Falco«. Später folgte Musik von »Michael Jackson«. Sehr oft hörte ich mir die Schallplatten von »Otto Waalkes« oder von »Mike Krüger«. Die Lieder zu einer Aufführung von »Otto Waalkes« konnte man später auf Schallplatte kaufen. Der Nachbarsjunge von oben zeigte mir manchmal auch neuere

Musik, damit ich wenigstens halbwegs wusste, was im Trend liegt.

Sehr stark blieb mir auch eine Urlaubsreise mit der Familie nach Niederhausen im Gedächtnis. Ich hatte dort eine Verwandte, die ich aber bisher nur einmal sah. Zu der Zeit hörte ich immer noch »Modern Talking«, da ich die Musik wirklich mochte. Als wir da waren, zeigte Sie mir dann Ihre Musiksammlung. Und es kam, wie es kommen musste: Sie zeigte Platten von den »Toten Hosen« und »Die Ärzte«. Ich war geschockt von meinem Rückstand in Sachen Musik und wurde musikalisch geweckt. Von da an dachte ich mir: Ich werde bei Musik einfach immer mal schauen, was es Neues gibt, statt auf einer Musikrichtung zu verharren. Diese Denkweise übernahm ich im späteren Leben auch für die anderen Sinne.

5. Kapitel - kriminelle Energie im Kiosk

Im Kiosk, welchen ich immer besuchte, entdeckte ich bald eine Besonderheit. Es gab im Geschäft auf der linken Seite im hinteren Bereich drei Einbuchtungen. In der Letzten waren Kisten mit Süßigkeiten. Man nahm sich heraus, was man kaufen wollte. Damals gab es dort noch keine Spiegel oder Kameras. Wenn man sich in der letzten Bucht stellte, wurde man von vorne nicht gesehen. So nahm ich mir einige Male ein paar Pfennige mit und ging in den Kiosk. Pfennige waren in der alten Währung, wie heute Cent. Dort ging ich hinten zum Süßigkeitenregal und tat so, als wäre ich unentschlossen. Doch in Wirklichkeit nutzte ich die Zeit, um mir ein paar Bonbons in die Tasche zu stecken. Aber nur so viele, dass es nicht auffiel. Dann nahm ich die, die ich wirklich kaufen wollte, und ging damit zur Kasse. Am Anfang waren es nur wenige. Nach einigen Testkäufen nutzte ich möglichst viele Taschen meiner Kleidung. Später wurde die Lust am Nervenkitzel größer. Je mehr ich herausholte, desto größer wurde der Kick.

Als ich die Taschen nicht mehr voll genug bekam, bat ich meinen Bruder Lothar, mitzukommen. Auf dem Weg zum Kiosk erklärte ich ihm meine Taktik. Wir betraten den Kiosk und gingen nach hinten. Jeder steckte verschiedene Sachen ein. Unter anderem Überraschungseier. Ich nahm noch einige Bonbons für die Kasse mit nach vorne und bezahlte. Wieder draußen, gingen wir einige Meter und setzten uns auf eine Mauer an der Straße. Spannungsvoll packten wir unsere gemeinsame Beute aus. Da lagen auf einmal ganz, ganz viele Süßigkeiten. Genau in diesen einen Moment passiert es. Für mich geschah es in Zeitlupe. Mama näherte sich von links mit dem Auto. Ich erstarrte vor Schreck. Es gab auch keine Zeit mehr, Beute oder Teile davon zu verstecken. Lothar schaute mich fragend an, aber wir saßen dort wie die Vögel auf der Stange. Zwischen uns beiden lag das ganze Zeug. Im Vorbeifahren schaute Sie zuerst auf die Süßigkeiten. Danach richtete sich Ihr prüfender Blick in meine Augen. Diesen Blick werde ich nie vergessen. So ein Mist, dachte ich. Was für ein ungünstiger Moment.

Hätte ich mal einen klügeren Platz gewählt. Zuhause angekommen ging ich schnell auf mein Zimmer und ahnte nichts Gutes. Lothar blieb vorne. Er konnte nichts dafür, hatte ich ihn doch dazu angestiftet. Meine Mama war wütend und schimpfte laut. »Warte mal, bis Papa nach Hause kommt!«. Und er kam nach Hause. Ich hörte erst, dass Mama ihm erzählte, was passierte. Dann hörte ich seine schweren, stampfende Schritte, die immer lauter wurden. Wie ein Erdbeben Richtung Kinderzimmer. Die Tür flog auf, er schaut mich kurz an und gab mir eine heftige Backpfeife. »Einen Monat Hausarrest! Ohne Musik und ohne Computer!«. Er ging und zog die Tür zu. Später kam Mama noch mal zu mir und fragte, warum ich das tat. Wir würden doch Taschengeld kriegen. Doch was sollte ich sagen? Ich wusste damals nicht genau, warum ich gern klaute. So blieb ich stumm. Hatte ich durch die schlechten Noten doch schon genug Sorgen bereitet. In diesem Alter konnte ich noch nicht wissen, dass der Nervenkitzel auch zu einer Sucht werden könnte. So lenkte ich mich einen Monat lang mit verschiedenen Spielzeugen wie mit den Spielzeugautos ab. In der Zeit überdachte ich aber auch meine Taktik. Es musste von jetzt an immer so geschehen, dass man die Beute auf keinen Fall sieht.

6. Kapitel - Spiel mit dem Feuer

Es gab ein Tag, an dem ich nach etwas Spannung suchte. Mama und Papa saßen ahnungslos vorne im Wohnzimmer. Ich wollte ein Experiment wagen. All die ganzen Plüschtiere bestanden ja aus verschiedensten Stoffen. Da stellte ich mir die Frage: Welches Material brennt davon wohl am schnellsten? Eine wirklich hirnrissige Frage. Aber solch Dinge gingen mir früher durch den Kopf. So ging ich unter einem falschen Vorwand ins Wohnzimmer und stibitzte dabei heimlich ein Feuerzeug. Zurück im Kinderzimmer, zog ich die Tür zu. Wenn wir im Zimmer spielten, war die Tür eigentlich immer zu. Für unsere Eltern ein absolut harmonischer Zustand. Das nutzte ich diesmal aus und weihte Lothar ein. Er fragte mich extra noch: »Ist das nicht gefährlich?«. Ich schlug Folgendes vor: »Du hältst das Plüschtier fest. Ich zünde es kurz an und puste es danach sofort wieder aus.« Damit konnte ich ihn beruhigen und er war einverstanden.

Wir legten alle Plüschtiere auf unseren braunen Spielzeugschrank. Bevor es losging, öffnete ich das Fenster, damit der Rauch direkt abziehen konnte. Nun nahm Lothar immer ein Plüschtier und streckte es mir entgegen. Ich zündete es immer an einer eher unauffälligen Stelle an, beobachtete kurz, ob und wie schnell die Flamme ausbreitete. Dann pustete ich diese wieder aus. Bald waren wir fertig. Danach hatten alle Plüschtiere einen runden

Fleck, an welchem etwas fehlte. Zum Glück bemerkten es unsere Eltern nicht. Da Wochenende war, brachte man mich nachmittags noch zur Oma in die Stadt. Wo ich wieder schlafen durfte. Am nächsten Morgen klingelte bei Oma das Telefon. Papa war dran und erzählte Oma ganz aufgeregt, dass es bei uns zu Hause gebrannt hätte. Papa käme mich sofort abholen. Ich setzte mir schon mal mein Käppi auf und fand mich in der Rolle als Sensationsdarsteller wieder. Ich dachte, nun bekäme ich die Chance meinen eigenen Bruder aus den Flammen zu retten. Was für irre Gedanken. Mein Papa holte mich ab und wir fuhren nach Hause. Auf der Fahrt erzählt mir Papa, dass Lothar wohl mit Feuer gespielt haben muss.

Lothar zündete irgendetwas an und erschrak darüber, dass sich die Flammen sehr schnell ausbreiteten. Also rannte er raus, schloss die Tür und verkroch sich unter dem Ehebett. Papa wurde von den Geräuschen wach, welche beim Zusammenbrechen von brennenden Dingen erzeugt wurden. Er bemerkte ebenso den Geruch vom Qualm. Instinktiv und panisch sprang er auf und öffnete die Zimmertür, wo ihm schon die Flammen entgegenflogen. Zum Glück hatten wir in der zweiten Etage einen Wasseranschluss im Flur und einen Gartenschlauch. Papa löschte das Feuer ganz alleine. Er sagte mir auf den Weg zur Wohnung: »Egal was die Fragen, Du hast damit nichts zu tun. Du weißt nichts.« Als wir ankamen, war die Feuerwehr bereits da und prüfte, ob es noch Glutnester gab, durch welche sich das Feuer hätte neu entfachen können. Dann sah ich Lothar und seinen leeren Blick. Der Blick, der so was sagte wie: »Wie soll ich Dir jemals wieder vertrauen?«. Ich sah unser Kinderzimmer oder vielmehr das, was davon übrig blieb. Alles war schwarz, verkohlt, verrußt und nicht mehr zu gebrauchen. Auch mein Keyboard lag da. Völlig verbogen. Da begriff ich, dass es nicht gut ist, jüngeren Kindern zu zeigen, das man mit dem Feuer spielt.

7. Kapitel - Judoverein

Als ich anfing, mir selbst spannende Experimente auszudenken, dachte ich noch, das wäre in Ordnung. Aber je mehr ich merkte, dass diese nach hinten losgingen, zirkulierten die Gedanken über mein eigenes Handeln. Wieso suchte ich oft das Risiko? Wieso dachte ich, dass Klauen gut wäre? Was dachte ich mir dabei, meinen Bruder Lothar zum Klauen oder zündeln anzustiften? Da ich grottenschlecht in der Schule war, brauchte ich etwas zum Kompensieren. Was auf mich wie eine Belohnung wirkte. Ein Gefühl, bei dem ich Freude spüren konnte. Und dieses Gefühl hatte ich, als ich für mich alleine klauen ging und man mich nicht erwischte. Dadurch, dass ich meinen Bruder zum Klauen mitnahm, wollte ich dieses Gefühl verstärken. Nun ging es hier nach hinten los. Und auch nach dem Spiel mit dem Feuer, fragte ich mich sehr häufig, ob ich nicht doch einfach nur ein schlechter Mensch war. Ich war schlecht in der Schule. Schlecht zu meinem Bruder. Schlecht für meine Eltern. Schlecht auch für andere, scheinbar auch besonders für die, die mich in der Schule fast tagtäglich hänselten.

Unsere Mama erkannte, dass es gut wäre, wenn wir wüssten, wie wir uns wehren könnten. Also meldete Sie uns im Judoverein an. Und wir waren dort auch einige Wochen trainieren. Die Tochter vom Judotrainer sprach mich optisch sehr an. Ich war zu diesem Zeitpunkt aber gefühlsmäßig mit meiner Psyche völlig neben der Spur. Mal fröhlich, mal traurig. Als ich mal wieder nach der Schule von einem Mitschüler aufgelauert wurde, wehrte ich mich das erste Mal in meinem Leben. Nachdem er irgendetwas Sinnloses von sich gab und mich anpacken wollte, trat ich ihn voll in seinen Bauch und lief schnell nach Hause. Mit dem Judoverein fuhren wir sogar mal zu einer Veranstaltung nach Oberhausen. Dies war an sich eine schöne Zeit. Bis ich wieder bekloppt wurde. Man könnte es nicht anders beschreiben. Am Wochenende waren ich und meine Cousine Tatjana wieder bei unserer Oma in der Stadt. Oma ging kurz weg einkaufen. Und wir blödelten so herum. Ich erzählte Tatjana von der Tochter des Judolehrers. Irgendwie kamen wir dann auf den Klopps, da anzurufen. Und ich wagemutiger Trottel quasselte wirklich obszöne Dinge aufs Band. Einfach beschämend. Anspielungen, die man als Vater bestimmt nicht auf den Anrufbeantworter abhören möchte. Kaum hatte ich den Hörer aufgelegt, ahnte ich, wie es kommen würde. Montags. Ein Anruf bei uns zu Hause von der Kampfsportschule. Mama und ich sollten sofort vorbeikommen. Ich hatte Angst und wusste, was nun kommen würde. Mama noch nicht. Also gingen wir rein und ich hoffte noch irgendwie fälschlicherweise auf die Nachsicht des Trainers. War aber nicht. Er sagte zu meiner Mama: »Hier hören Sie mal«. Da zündete er prompt die Bombe und drückte auf die Abspieltaste des

Anrufbeantworters. Ich hörte mich selbst und die Dinge, die ich sagte. Ich schämte mich und suchte nur noch das Loch zum Reinspringen. Ich konnte den Trainer nicht mehr in die Augen sehen. Dann sagte er: »So etwas dulde ich natürlich nicht und so kann ich Sie auch nicht länger trainieren«. Meine Mama sah mich wieder so enttäuscht an und wir gingen raus. Muss dies für meine Mutter ein fieser Moment gewesen sein. Wir fuhren nach Hause. Mama rechnete mit viel aber nicht mit so einer Schande. Zu Hause gab es dazu wieder einige Gespräche. Fragen wie: »Warum hast Du das gemacht?«, »Willst Du, das die Leute schlecht über uns denken?«, »Schämst Du dich denn nicht?«. Das wusste ich doch selbst auch nicht. Ich startete Aktionen, ohne groß über die Konsequenzen nachzudenken.

Durch diese Aktionen kompensierte ich negative Zustände. Auch dies wurde zur Sucht, nur wusste ich noch nicht, was Sucht bedeutet. Ich erschuf mir für einen Moment ein gutes Gefühl. Ganz gleich, was kam. Rückwirkend betrachtet waren verbotenen Aktionen und der Nervenkitzel eine Art Trostpflaster. Ich sah für mich keine anderen Möglichkeiten. So hatte ich bei meinen Eltern bereits ein schlechtes Bild. Und nun hatte ich keine Möglichkeiten mehr, Ihnen zusätzlich noch von all den Hänseleien zu erzählen, die ich schon seit einiger Zeit mitmachte. Eine Abwärtsspirale: die schlechten Noten, die ganzen miesen Aktionen. So entstand eine Lernblockade.

So schwieg ich viel zu lange darüber, dass ich wegen der immer wiederkehrenden, versteckten Hänselei traurig war. Dadurch entstand die tägliche Angst, zur Schule zu gehen. Deswegen konnte ich mich im Unterricht nicht konzentrieren. Weil ich viel zu sehr damit beschäftigt war, zu beobachten, ob irgendjemand über mich hänselt. Über die miesen Noten in der Schule war ich sehr oft schlecht drauf. Mit dieser Traurigkeit verbrachte ich viel Zeit am Keyboard in unserem Zimmer. Obendrauf die Angst, meinen Eltern mit noch mehr Ballast um die Ecke zu kommen. Der Versuch zu lernen war für mich ein Wettrennen gegen die Zeit. Und so fragte ich mich oft: »Wofür soll ich und das alles gut sein?«

8. Kapitel - Unfälle in der Kindheit

Eines Tages musste Mama dringend ein Paket versenden. Sie fuhr mit mir und Lothar zur Post. Da war ich ungefähr acht und mein Bruder sechs Jahre alt. Die Umgebung in der Post war für uns langweilig und so spielten wir Fangen. Wir rannten durch die Post und Lothar jagte mich. Da rutschte ich aus und knallte mit meinem Kopf sehr heftig gegen einen Rippenheizkörper. Ich heulte und hatte eine Platzwunde am Kopf. Keiner der Anwesenden half Mama oder mir. Mama musste dann mit mir und Lothar ganz schnell zum Krankenhaus fahren, damit meine Wunde behandelt werden konnte. Zum Glück sah es schlimmer aus, als es tatsächlich war. Die Wunde verheilte ohne Komplikationen.

Eine Pause in der Grundschule. Ich begab mich zu einer Stufenpyramide, gebaut aus runden Holzbalken und kletterte hoch. Fast oben angekommen, stieß ich mit meinem rechten Knie stark an einen der Holzbalken. Es tat nicht weh und ich dachte noch: »Hmm, komisch«. Dann wurde mir ohne Anzeichen erst schlecht und dann schwarz vor Augen. Ich wurde wach und lag plötzlich auf einer Trage im Erste-Hilfe-Raum der Schule. Eine Lehrerin erzählte mir, ich sei ohnmächtig geworden und fragte mich, wie es mir ginge. Noch bevor ich richtig antworten konnte, wurde mir wieder schwarz vor Augen. Als ich diesmal wach wurde, saß ich neben Mama im Auto. Wohl Richtung

Hausarzt oder Krankenhaus. Mir wurde wieder schwarz vor Augen. Als ich zum dritten Mal wach wurde, lag ich zu Hause im Bett. In der Schule fiel ich ohnmächtig vom Gerüst herunter. Wie ein nasser Sack. Beim Herunterfallen stieß ich mir noch mal den Kopf.

Wir fuhren zu Oma in der Stadt. Auf der Hinfahrt bekam ich starke Magenschmerzen. Als wir dort ankamen, parkte Papa das Auto an der rechten Seite der Straße. Dort standen viele Bäume. Ich war mit meinen Magenschmerzen derart beschäftigt, dass ich beim aussteigen nicht aufpasste und direkt rechts gegen den Baum lief. Mit Magenschmerzen und zerkratzten Gesicht lag ich später bei Oma auf der Couch. Ein paar Besuche auf der Toilette erleichterten mich. Die Magenschmerzen gingen langsam weg.

Bei Oma in der Stadt vor der Tür war ein kleiner Parkplatz. Dort an der Mauer stand eine Holzplatte mit Rollen drunter. Wahrscheinlich war es eine Platte, wie man diese für Umzüge nutzen konnte. Ich nahm die Platte und spielte ein bisschen damit herum. Dann kniete ich dafür und wollte mir die Räder da drunter angucken. Und irgendwie hab ich es dann geschafft, einen Finger unter einer Rolle zu kriegen und das Brett gleichzeitig nach unten zu drücken. Finger geklemmt.

Es kam auch mal vor, dass ich morgens verschlief und dann zu Fuß zur Schule eilte. An der Schule angekommen, nahm ich die Abkürzung quer durch den Platz, wo die

Fahrräder abgestellt wurden. Ich schlängelte mich also da durch und musste nur noch über die Eisenkette hüpfen. Die Eisenkette war links und rechts an Pfosten verbunden und trennte diesen Platz vom Schulhof. Ich nahm Anlauf und sprang. Blöderweise konnte ich wegen des Gewichts vom Tornister nicht so hochspringen, wie ich vorerst glaubte. So erhöhte das Gewicht vom Tornister mein Körpergewicht im falschen Moment. Ich blieb mit einem Fuß an der Kette hängen und schlug mit dem Kopf voran auf den harten Boden. Nachdem ich mich aufraffte, rannte ich panisch in die Schule. Öffnete die Tür zur Klasse und schrie den Schmerz heraus. Alle zuckten zusammen, die Lehrerin brachte mich schnell zum Erste-Hilfe-Raum. Es bildete sich ein zu platzen drohender Bluterguss, so groß wie eine Walnuss auf der rechten Stirnhälfte. Es schmerzte extrem und ich heulte. Meine Mutter holte mich erneut zu einer außerordentlichen Zeit von der Schule ab und fuhr mit mir zum Krankenhaus. Dort kühlte man die Wunde und ich war froh, dass es nicht platzte. Seitdem sprang ich nie wieder über eine solche Kette.

Winter: Ich und einige andere Kinder gingen in den Wald und wollten Schlitten fahren. Oben an einem Berg, kam einer der Kollegen auf die Idee, fünf Schlitten miteinander zu verbinden. Nun waren fünf Schlitten miteinander verbunden und wir beabsichtigten einfach den Berg herunterzufahren. Die Fahrt begann. Ich war der letzte angebundene Kandidat. Es ging ziemlich steil bergab und es entwickelte sich eine gute Geschwindigkeit. Da driftete mein Schlitten mit mir nach rechts ab – auf einen Baum zu. Da ich aber am Schlitten vom Vordermann und damit allen anderen angebunden war, konnte ich nicht bremsen. Ich knallte mit dem Schlitten voll gegen den Baum, mein Gesicht knallte an die Rinde. Einer der Kollegen brachte mich und den Schlitten nach Hause.

9. Kapitel - Schwimmen lernen

In Brokolt, wo wir aufwuchsen, gab es einen großen See und dazu einen Strand, wo man sich im Sommer traf. Um zu dösen, sich zu sonnen oder auch um das Schwimmen zu lernen. An diesem See trafen wir uns früher immer mit Oma und Opa und fühlten uns wie in einem Urlaub. Dort lernte ich auch Schwimmen. Einmal kletterte mein Bruder im Wasser aber noch in der Nähe vom Strand auf eine Luftmatratze und paddelte im Wasser los. Es dauerte aber nicht lange, da kam er schnell in das für ihn viel zu Tiefe Wasser. Mein Bruder Lothar konnte zu diesem Zeitpunkt noch nicht schwimmen, von daher war dies eine sehr heikle Situation. Papa bemerkte es zum Glück noch rechtzeitig und sprang wie ein Rettungsschwimmer ins Wasser, um ihn zurückzuholen. Wir waren viele Male am See. Für uns war dies ein herrlicher Ort, wo man schön spielen konnte. Später in der Schule konnte ich schon schwimmen. Ich konnte nicht besonders gut schwimmen, aber für das Seepferdchen hat es locker gereicht. Allgemein war Sport nie mein Ding. Daher musste ich auch schon in der Grundschule in der 3. oder 4. Klasse jeden Donnerstag zur Nachhilfe in Gymnastik. Und das war für mich als einziger Junge sehr unangenehm und auch peinlich.

10. Kapitel - Scheidung der Eltern

Mama war einkaufen und nur Papa und ich waren zu Hause. Ich machte Mathe Hausaufgaben. Zu diesem Zeitpunkt kontrollierten immer einer meiner Elternteile meine Hausaufgaben. Da nur Papa da war, konnte ich diese nur ihm zeigen. Ich ging also nach vorne zum Wohnzimmer zu Papa und zeigte meine gelösten Hausaufgaben vor. Er sagte nur »Stimmt nicht.« und ich wusste nicht, was er meinte. Ich ging zurück ins Kinderzimmer und schaute noch mal drüber. Für mich sah ich keinen Fehler. Ich sah einfach keinen. Also ging ich erneut nach vorne und wieder sagte er nur: »Das stimmt so nicht. Guck noch mal nach«. Ich ging erneut zurück ins Zimmer und kontrollierte für mich die Aufgabe mit dem Personal Computer. Und auch dort bekam ich das raus, was ich als Lösung bereits hatte. Klar könnte ich ja einen Fehler gemacht haben. Aber warum erklärte es mir mein eigener Vater nicht? Ich war enttäuscht und traurig zugleich. Ich hatte keine Chance. Da ich keinen Fehler sah und auch keine Hilfe bekam, fühlte ich mich noch mehr allein gelassen in meiner kleinen Welt. Vielleicht würde mein Papa mir ja im dritten Versuch endlich zeigen, was falsch war? Ich hatte große Zweifel, aber auch keine anderen Möglichkeiten, es herauszufinden.

Nun nahm ich all meinen Mut, meine große Angst und ging zum dritten Male nach vorne. Mein Papa sah sich die

Sachen erneut an und sagte leider wieder: »Das stimmt so nicht.« Wieder ohne mir auch nur irgendeine klitzekleine Hilfe zu geben. Da war nichts. Rein gar nichts. Ich fühlte mich in dem Moment, als er es wieder sagte so leer im Kopf und leer im Körper. Ich lief wie betäubt langsam zurück zum Kinderzimmer. Mein Kopf fühlte sich an, als würde mich jemand mit einem Kissen ersticken. Ich fühlte mich ungeliebt und ungewollt. Wie ein Fehler. Als würde man mich nicht wollen und mir das zeigte, in dem man mich einfach immer wieder und wieder wegschickt. Wie in der Schule, wo ich wieder und immer wieder gehänselt wurde. Und mich nicht gewollt fühlte. Wie konnte ich zu mir stehen, wenn ich sogar von meinem eigenen Papa immer zu weggeschickt wurde? In mir drin fühlte ich mich so dermaßen ungewollt und unnütz, dass ich dies einfach nicht länger ertragen wollte.

Zu der Zeit wurde das Hochhaus von außen saniert und es stand ein Gerüst an der Wand. Also öffnete ich das Fenster und stieg auf das Fensterbrett im zweiten Stock. Ich wollte grade auf das Gerüst klettern, als sich die Tür vom Kinderzimmer öffnete. Mama sah mich und erschrak. Kam dann auf mich zu, zog mich runter und schloss das Fenster. Ich blieb im Zimmer und Sie ging wütend nach vorne und beide stritten sich sehr, sehr heftig. Wieder hatte ich Angst und das Gefühl, dass ich nur Schlechtes herbeiführte. Mein Vater sah es wohl eher gelassen. So schien es mir zumindest. An diesem Tag redeten wir nicht mehr viel miteinander. Es war für mich so, als wäre ich die Schuld in Person. Erneut war ich derjenige, der diese Unruhe reinbrachte.

Als ich am nächsten Tag nach der Schule im Treppenhaus hochlief, schaute auf einmal eine Tochter vom Nachbarn herunter und rief »Deine Mama hat sich in unseren Papa verliebt!«. Der Nachbar war alleinerziehender Vater mit zwei Töchter. Da dachte ich mir schon, dass sich heute irgendetwas maßgeblich ändern wird. Mama lotste mich oben dann direkt zu dem Nachbarn und erklärte mir die Situation. Er half Mama, einen Platz im Mutter-Kind-Heim zu bekommen. Wir würden also endgültig ausziehen. Ich fragte Mama, ob Sie denn auch an mein Keyboard gedacht hätte. Also da gab es keine Beziehung oder so was. Die Tochter konnte es nur nicht anders beschreiben. Wahrscheinlich hatte Sie es so verstanden, weil sich unsere Mama ihm anvertraute. Mama erklärte uns, dass wir – also Mama, mein Bruder und ich uns von Papa trennen würden. Und dass dieses Mutter-Kind-Heim ein geschützter Ort ist, wo wir keine Angst haben müssten. Eine Schwester von Mama holte uns ab und fuhr uns zum Mutter-Kind-Heim. Und das Ganze noch bevor Papa Feierabend hatte. Mein BMX-Rad nahm ich natürlich auch mit.

Am späten Nachmittag kam Papa noch zum Mutter-Kind-Heim und wollte mit Mama reden. Beide gingen auf den Parkplatz und Papa begann auf Mama einzureden. Ich fuhr mit dem BMX-Rad um die beiden drum herum. Mama schwieg die ganze Zeit. Sie blieb einfach stumm und verschränkte beide Arme, statt mal laut zu sagen, was Sie dachte. Vermutlich wäre es aber auch nicht gut gewesen, diese Themen laut anzusprechen. Ich sagte irgendwann fordernd: »Los Mama, jetzt sag doch auch mal was!«. Aber Mama blieb stumm. Papa fuhr nach circa 20 Minuten. Mama war sichtlich erleichtert und wir gingen in das Mutter-Kind-Heim. Unsere Familie gab es nun nicht mehr. Wir wohnten nicht mehr zusammen oder fuhren zusammen irgendwo hin. Diesen Tag vergaß ich nie. Ich wechselte die Grundschule. Vielleicht erleichterte es mir den allgemeinen Umgang mit der Schule, weil mich die Kinder dort nicht kannten. Doch meine ständige Angst, gehänselt zu werden, konnte ich nicht einfach abschalten. Im Mutter-Kind-Heim begann ich meine rebellische Phase aufzubauen.

Nach einigen Tagen fragte ich mich dann doch, wie es wohl Papa ginge, und wollte ihn einfach besuchen. Ich wusste, dass er die meiste Zeit bei Oma war, und so lief ich eines Nachmittags einfach dorthin. Diesen Ausflug besprach ich vorher mit keinem. Und so war die Sorge bei meiner Ankunft groß. Kaum hatte Oma mich reingelassen, sagte Papa: »Junge, das ist zwar toll, dass Du hier bist, aber du darfst nicht hier sein! Du musst wieder zurück, weil die sonst denken, ich hätte Dich einfach mitgenommen.« Daran hatte ich nicht gedacht. Und wieder war ich scheinbar ungewollt. So empfand ich es zumindest. Zu der

Zeit gab es noch keine Regelung zum Thema Besuchsrecht. So brachte man, mich zurück zum Mutter-Kind-Heim. Einige Tage später nahm ich dann 20 Deutsche Mark von meinem Taschengeld und meinem Walkman mit der Musik von Michael Jackson. Und lief einfach in die Stadt. Der große Busbahnhof zog mich magisch an. Dort standen für mich Gleichgesinnte. Aussätzige, die man sonst nirgends wollte, trafen sich hier. Ich konnte mir von den Punks Bier kaufen und Zigaretten bekam ich auch. Hier begann ich zu trinken und zu rauchen. Ich fühlte mich sofort verstanden. Scheinbar hatte jeder dieser Leute ähnliche Probleme wie ich. So trank und rauchte ich, bis man mich irgendwann völlig betrunken mit einem Auto zum Mutter-Kind-Heim zurückbrachte. So saß ich spät nachmittags betrunken im Raucherraum. Und zündete mir absichtlich vor den Augen meiner Mutter eine Zigarette an. Für Sie war es meine erste Zigarette. Für mich nicht.

11. Kapitel - vom Bauernhof ins Ghetto

Nach einigen Monaten im Mutter-Kind-Heim konnten wir zu Oma und Opa auf den Bauernhof ziehen. Auch hier wechselte ich erneut die Schule. Der Schulstoff war für mich erneut fremd. Der Besuch in der Schule war für mich einfach eine Pflichtveranstaltung. Ohne Anspruch auf eine gute Note. Dies war nur eine Notlösung, da noch nicht klar war, wohin wir denn ziehen könnten. Auf dem Bauernhof zeigte mir Onkel Thobass, was echte Rockmusik ist. Er spielte mir alle möglichen, verschiedenen Genre vor und zeigte mir, wie man aus einem alten Plattenspieler einen Verstärker baut. Auf dem Bauernhof herrschte gerade ein ziemliches Durcheinander, da dort die Heizungsanlage komplett saniert wurde. Entsprechend viele Verwandte halfen dort mit. Darunter ein Mann der Mama wohl zu gefallen schien. Es dauerte nur wenige Tage, bis die beiden zusammen waren. Mama hat uns gefragt, ob wir damit einverstanden wären, wenn er unser neuer Papa sein würde. Eine große andere Wahl hatten wir nicht und er war recht nett und lustig. Er war gelernter Kopfschlächter und konnte überall gut mit anpacken.

Wir hatten in der Zeit auf den Bauernhof viel Spaß miteinander, waren es doch immer so viele Leute und es war oft sehr viel los. Da kamen viele Bekannte und Verwandte und kaum war der eine Besuch weggefahren, so kam der Nächste herein. Einige Wochen später zogen wir –

also Mama, unser neuer Stiefvater, mein Bruder und in die kleine Gemeinde Schöningen. Schöningen liegt im westlichen Teil von Deutschland. Leider wohnten wir in quasi direkt im sozialen Brennpunkt. Hier wohnten diejenigen, die halt nur wenig, mittelmäßig oder gar nichts verdienten. Weiter oben auf dem Berg – so dachten es sich zumindest die aus dem sozialen Brennpunkt – wohnten die besser Verdienenden, die Reichen. Der neue Stiefvater konnte wegen seiner Rückenschmerzen keine normale Arbeit mehr annehmen und beantragte recht bald die Frührente. Finanziell waren wir schon bald vom Sozialamt abhängig. Auch hier gab es wieder einen Schulwechsel. Hier begann ich in der fünften Klasse der Hauptschule. Und so wie aussah, würde dies wohl ein wenig länger funktionieren. Also begann ich mich, trotz meiner Ängste vor Hänseleien, einfach mal am Riemen zu reißen und durchzustehen. Über das Gericht lief der Scheidungsprozess zwischen Mama und Papa. Papa hat Besuchsrecht erhalten, was bedeutete, das Papa uns an einem Tag morgens abholen durfte und abends aber wieder nach Hause bringen musste. Papa brachte mir den Personal Computer und holte mich und meinen Bruder Lothar öfter mal an einem Samstag oder Sonntag ab. So langsam lernte ich die Menschen in der Nachbarschaft kennen. Es gab noch kein Internet und so war es üblich, dass man sich einfach mal vor die Haustür stellte oder durch das Viertel lief, um sich umzusehen.

Über die Schule lernte ich zunächst Rainer kennen. Er war eine Klasse über mir und wohnte direkt im nächsten Haus. Rainer spielte gerne mit Konsolen und hatte davon sogar mehrere. Er spielte auch oft mit seinem Vater zusammen. Sein Vater war extremer Kettenraucher filterloser Zigaretten der Marke »Overstolz« (ohne Filter). Eine sehr starke Sorte. So stand man manchmal unten zwischen den Häusern und hörte, wie oben einer verlor: »so eine verdammte Scheiße hier!«, gefolgt vom Geräusch, wie einer der vielen Joysticks gegen eine Wand flog und sich zerteilte. Man stand dann unten zwischen den Häusern und lachte, weil es häufig vorkam. So war ich häufiger einfach mal nach der Schule bei Rainer und spielte mit ihm. Nach einigen Tagen traf ich vor der Tür auch auf Keith. Die Straße, welche die Häuser voneinander trennte, war nur so breit, dass dort maximal ein Auto fahren konnte. Also man lief sich zwangsläufig früher oder später über den Weg. Keith war zwei Jahre älter wie ich und hatte eine Sehbehinderung. Aufgrund der Behinderung wanderte die Blickrichtung immer langsam von einer Seite zur anderen. Weswegen er auch oft mit »KITT« oder »Knight Rider« gehänselt wurde. Es bezog sich auf das Scannerlicht am Auto. Mich störte seine Behinderung nie. Wir tauschten uns über Computer, Konsolen und Hobbys aus. Wir verstanden uns prompt und er lud mich zu sich nach Hause ein. Keith hatte noch zwei jüngere Brüder, mit einem davon musste er sich ein Zimmer teilen. Er zeigte mir, was er für Musik hörte und für Filme schaute. Keith war wie ich ein Fan von Horrorfilmen. So zeigte er mir unter anderen VHS Filmkassetten von »A Nightmare on Elm Street«. Keith wuchs in Munster, genauer im Viertel Munster Kinderhaus auf und hatte wie ich keine schöne Kindheit. Wie ich später von Keith erfuhr, war seine Kindheit nicht gewaltfrei. Und sein Vater zudem ein schwerer Alkoholiker. Mit seiner Mutter und den Brüdern wohnte er hier bei einer Frau, die der Familie die Möglichkeit gab, dort ebenfalls zu wohnen. Ich bin mit Keith sofort gut klar gekommen und wir freundeten uns an. Keith kannte Rainer schon.

Keith konnte auch Gehörlosensprache, weil er die westfälische Schule für Sehbehinderte und Blinde besuchte. Bisher kannte ich so etwas nur aus dem Fernsehen. Keith begegnete mir immer auf gleicher Augenhöhe. Und er konnte sich gut in die Lage anderer versetzen. Mein Interesse an Computern sprach sich schnell herum. In der Schule verkaufte ich gedruckte Banner auf Endlospapier. Zum Beispiel mit Schriftzügen wie »Helloween« zwischen zwei Kürbisköpfen. Das Hobby Computer stand bei mir sehr weit oben. Rainer bekam später ebenfalls einen Personal Computer. Ich freute mich sehr, als ich zu einem meiner Geburtstage ein neues Keyboard geschenkt bekam. Es war ein Yamaha Modell PSS-480. Ein Keyboard mit eingebauten digitalen FM Synthesizer. Das war schon was. Für mich ein sehr futuristisches Teil. Einer der Schulkollegen, welcher am Anfang der Straße wohnte, brachte mir drei Lieder bei. Sein Vater war nämlich Alleinunterhalter, daher konnte sein Sohn, also auch mein Schulkollege Keyboard spielen. Sobald wir Besuch bekamen, musste ich dann immer diese drei Lieder vorspielen. Wie schrecklich. So gab es doch endlich Techno oder Hip-Hop. Über Rainer lernte ich bald auch Oskar kennen. Er wohnte hoch oben auf dem Berg bei seinen Eltern. Auch mit ihm freundete ich mich an. Aber er war schon etwas älter.

Er zeigte mir, wie man sehr schnell Spiele kopierte oder auch den Kopierschutz umging. Oder einen Mikrofonanschluss an das Kassettenteil, des C64 einbauen konnte. Auch ein späterer Schulkollege zeigte mir, wie man spezielle Schriften im C64 für Demos benutzen konnte. Aber wie genau das funktionierte, verstand ich einfach noch nicht. Ich hatte nicht so etwas wie einen permanenten Lehrmeister. Stattdessen beschränkte ich mich auf eine überschaubare Menge kopierter Spiele. Für mich waren die Intros zu den Spielen meist interessanter als die Spiele als solches. Auch schaute ich mir sehr gerne einfach nur Demos an und genoss die Musik. Bis hier hin, lief für mich vieles gut. Bis auf die katastrophalen schulischen Leistungen. Ich fing an, oft nach der Schule heimlich Bier zu trinken. Auch in der Woche. Auch alleine. Ich versuchte für mich all die Vergangenheit immer wieder einfach wegzuspülen. Die Phasen, in denen ich trank, wurden häufiger. Nach der Schule oder am Wochenende. Mit fünfzehn erlangte ich dann meine Fahrerlaubnis für ein Mofa und mein richtiger Papa schenkte mir dann auch sogar ein gebrauchtes Mofa. Er brachte die blaue Vespa Ciao auf einem Anhänger vorbei. Er lud das Mofa ab und ich fuhr direkt einmal Probe. Einmal die Straße hoch und runter. Da die Stimmung zwischen dem Stiefvater und meinem richtigen Papa nicht sonderlich gut war, ist mein Papa dann auch recht schnell wieder gefahren. Nun hatte ich sogar ein Mofa! Als wir ca. 6 Monate im Dorf wohnten, wurde Mama ein wenig dick und ich fragte einfach mal, ob Sie schwanger sei.

Mama konnte es nicht leugnen und sagte: »Jetzt ist es raus gekommen!«. Ich konnte mir noch nicht vorstellen, wie es mit einem Brüderchen wird, und so ließ ich es einfach auf uns zukommen. Kurz bevor das Brüderchen mit dem Namen Elias zur Welt kam, musste ich oben mein Zimmer räumen. Der Stiefvater vertäfelte mir im Keller das letzte Zimmer auf der rechten Seite an den Wänden mit Holz. Und ich bekam einen Teppichboden reingelegt. Es gab dort keine Heizung. Aber es war auch nicht sonderlich kalt. In meinem Kellerzimmer hatte ich ein Bett, einen Computertisch und eine Couch. So konnte in Ruhe an meinem Computer spielen oder Musik mit dem Keyboard machen. Mit Keith spielte ich im Keller eine ganze Nacht lang das Spiel »Elite«. Ein Weltraumspiel. Eines der ersten Spiele mit richtiger dreidimensionaler Grafik. Es war nur schwarz/weiß aber machte richtig gute Laune. Zusammen mit Chipstüten und Cola konnten wir die Nacht gut durchstehen. Keith wurde für mich zu einem richtig guten Freund, dem ich mich anvertrauen konnte.

Es war Sommer und ich war hinterm Haus, als mich ein Mädchen aus der Umgebung ansprach. Sie wollte mit mir zelten. Ich sagte natürlich nicht nein. Gesagt getan, baute ich das Zelt auf. Später lagen wir im Zelt und es kam ein leichtes Gewitter auf. Sie sagte, Sie hätte Angst vor Gewitter und fragte, ob wir nicht in mein Zimmer gehen könnten. Konnten wir. Wir haben dann einfach in meinem Kellerzimmer geschlafen. Am nächsten Morgen ging ich nach oben und holte etwas zum Frühstücken. Als ich nach unten kam, war Sie einfach weg. Wie gemein! Aber nun gut. Es war eben so. Enttäuscht aß ich alleine das Frühstück.

Schräg Gegenüber wohnten auch zwei Mädels. Die eine gefiel mir sehr und ich wollte gerne mit ihr »zusammen gehen«. Es dauerte ein paar Tage und dann wäre ich mit ihr fast zusammen gekommen. Aber wir knutschten eben noch nicht. Keith hingegen, war zwischenzeitlich von der Bonnerstraße ein paar Straßen weiter zum alten Bauernhaus hinter dem Fußballverein gezogen. Dort gegenüber gab es auch eine Unterkunft für Flüchtlinge und Menschen, die halt Unterstützung benötigten. Etwas weiter war das Klubhaus vom Motorradklub. Keith war schon immer ein wenig anders, wie die anderen. So holte er sich, natürlich nur aus reinen Präventionszwecken eine etwas überdimensionierte Schreckschusspistole. Die Knarre war schön silberfarben. Er hat ab und zu aus Spaß mitten im Ghetto zu später Stunde im Dunkeln ein paar Schüsse abgefeuert. Einfach mal die Nachbarn zucken lassen. Wir wollten diese amerikanische Gefühl. Dann kam Sylvester und ich war bei Bob, einem weiteren Kollegen aus dem Ghetto im Keller und wir hörten Musik von »Iron Maiden«. Da kam Berti (ein weiterer Kollege) zu Besuch und meinte, dass Keith sich an meiner Perle rangemacht hätte. Da wurde ich fuchsteufelswild. Ich ging mit Berti als Verstärkung zusammen raus und lief mit ihm aus dem Ghetto raus bis nach Keith. Seine Tür stand einen Spalt offen, da ries ich die Tür auf und fing an, herum zu schreien. Berti beruhigte mich. Ich wollte einfach zeigen, dass ich mir nicht alles Gefallen lassen würde. Keith lag zunächst in seiner eigenen Kotze im Bett, wurde dann aber wach. Da nahm er das Magazin von der Pistole, scheiterte aber erbärmlich bei dem Versuch, dies zu befüllen. Von der Situationskomik wäre ja fast ein Knaller draus geworden. Aber wir waren auch betrunken. Hier war ich sehr von ihm enttäuscht. So hauten wir wieder ab. Berti ging seiner Wege und ich heulte mich dann bei Rainer seiner Kellerparty aus. So war es eben.

Legendäre Erinnerung an einen Videoabend, zu dem meine Tante (Schwester von Mama) und Onkel, mich zusammen mit einem weiteren Onkel, eingeladen hatte. Es gab eine wirklich gute Auswahl an alkoholischen Getränken, aber auch Cola und Limonade. Ich entschied mich mit falschen Stolz, mein Glas mit bestimmt fünf verschiedenen, alkoholischen Getränken zu mischen. Wir stießen an und ich trank etwa die Hälfte vom Glas. Nach etwa einer halben Stunde wurde mir sehr, sehr warm. Ich trank noch etwas und eigentlich lief noch die Vorschau. Für mich lief aber schon der Film. Ich wusste nicht mehr richtig, was ich gemacht hatte. Nur noch dass ich langsam lustig wurde und fragte, ob das schon der Film mit dem »Kettensägenmassaker« wäre. Ich bekam vom Film nichts mehr mit, sondern sank irgendwie in mir zusammen. Da wurde mir schwarz vor Augen. Als ich wach wurde, lag ich plötzlich auf einer Isomatte, zugedeckt mit einem Schlafsack. Mir war richtig, richtig schlecht. Mir war so schlecht, dass ich mich zunächst gar nicht bewegen konnte. Mein Kopf war so voll, als wäre da ein ganz dicker Klotz drin und der Schädel platzt gleich. Dabei war es schon fast Mittag. Dann hörte ich, wie man sagte: »Komm schon, Jan! Frühstück ist fertig«. Dann raffte ich mich mit sehr viel Mühe auf und schleppte mich zum Tisch. Man erzählte mir, dass man mich fast schon zum Krankenhaus fahren wollte, weil ich nicht mehr reagiert hätte. Auch eine kalte Dusche hätte nichts gebracht. Also hat man mich – während ich meinen Filmriss hatte – ausgezogen und unter die Dusche »gepackt«. Das half ein wenig und man legte mich angezogen auf die Isomatte und deckte mich zu. Ich sollte versuchen, etwas zu essen. Mir war noch so was von übel. Es fühlte sich an, als würde sich mein Gehirn die ganze Zeit drehen und es hörte nicht auf. Ich versuchte mich, auf der Eckbank wieder hinzulegen. »Nicht Jan, los bleib sitzen!« – hörte ich. Nach etwa einer weiteren Stunde ließ der Schwindel etwas nach, war aber noch nicht weg. Der Onkel fuhr mich nach Hause, wo der Stiefvater schon auf mich wartete. »Ach, guck Mal! Der verlorene Sohn ist wieder zurück. Kannst direkt reinkommen und spülen!«. Der Onkel wünschte mir noch viel Glück und fuhr weg. Sodann durfte ich direkt Geschirr abspülen, denn eine Geschirrspülmaschine hatten wir nicht. Ich torkelte dabei noch einige Male hin und her. Das sah für meine Eltern bestimmt komisch aus. Aber ich schaffte es. Ich dachte, endlich könnte ich mich unten im Zimmer ausruhen, machte aber die Rechnung ohne den Stiefvater. »Unten kannst Du auch die Bude aufräumen und lüften!«. Also ging ich herunter, schnappte mir den Straßenbesen und fegte quasi meinen Teppich ab. Das war hier die schnellste und effektivste Möglichkeit, für Ordnung zu sorgen. Da ich schnell fertig werden wollte, beeilte ich mich. Mir begann wieder schwindelig zu werden und ich riss mit dem Besen ein Bein vom Bett ab. »Knack!«. Das Bett knallte auf den Boden, weil das eine Holzbein nun fehlte. Ich musste es provisorisch wieder drunter basteln. Als ich das Zimmer endlich aufgeräumt hatte, war es schon später Nachmittag. Ich war einfach nur froh, dass das Schwindelgefühl nachließ. Auf meinem Nachtschrank hatte ich immer so kleine Teelichter als Leuchte. Abends wollte ich einfach nur noch schlafen und ein Teelicht brannte. Und es ging einfach nicht aus. Jetzt reicht es, dachte ich mir und spuckte einfach von oben auf das Teelicht. Plötzlich flogen ganz viele brennende Punkte um mich herum. Und ich wusste nicht warum. Ich erschrak heftig. Zum Glück verbrannte ich mich nicht. Dafür waren überall kleine Wachspunkte verteilt.

Als der erste Bruder Elias auf die Welt kam, ging das Chaos los. Da ich Elias wie einen echten Bruder betrachte, half ich mit, auf diesen aufzupassen. Und damit einhergehende Aufgaben zu erledigen. Windeln wechseln gehörte auch dazu. Ich war nicht immer zufrieden mit der Situation, aber musste diese dennoch durchstehen. Der Stiefvater war zu der Zeit noch recht lustig, konnte aber auch richtig ernst werden. Zu der Zeit wollte ich einfach nur raus und spielen. Halt das Machen, worauf ich Lust hatte. Onkel Thobass schlief hier mal ein paar Tage bei uns, da er derzeit keine andere Bleibe hatte. Er zeigte mir, wofür die Scheibe oder ein Ritzel an einem Mofa wichtig sein könnte. Nämlich zum schneller machen! Thobass rauchte natürlich. Von ihm konnte ich mir auch ab und zu eine Zigarette schnorren oder eine drehen. Das Mädel, welches bei mir übernachtete, kannte – oh wunder – noch andere Jungs aus dem Dorf und machte mich mit Ihnen bekannt. Der Wunsch kam von mir aus, weil ich hörte, dass hier auch das Thema Cannabis die Runde dreht. Im wahrsten Sinne des Wortes.

Nun hatte ich aber keinerlei Ahnung von Marihuana oder wie man einen Joint dreht. Sie lud mich dann mal dazu ein, quasi einen Pseudojoint mit Tee mitzurauchen. Es gab am Ende der Straße drei Wälder: Der erste war direkt am Anfang, dann war dort ein Feld, dann kam der zweite Wald. Und dann wieder ein Feld und dann der Dritte. Wir gingen zum zweiten Wald. Dort hat sie einen echt provisorischen, unechten Joint gebaut. Mit Tabak und Tee drin. Und das Teil haben wir dann geraucht. Sie meinte zu mir, dass dies ungefähr so schmeckt, wie beim richtigen Rauchen. Ja gut, da wurde mir wieder ein wenig schwindelig. Aber ich musste mir eingestehen: Es zog mich magischerweise schon sehr, sehr an.

12. Kapitel - Es wurde wild

Ich wusste nicht mehr genau, wie das nächste, beschriebene Treffen im ersten Wald zustande kam. Es ging in diesem Treffen mit ein paar Jungs einfach darum, das man gezeigt bekam, wie man einen vernünftigen Joint baute. Der neue Freund zeigte uns, was man dazu mindestens braucht: Gras oder Hasch, Blättchen, einen Filter, Tabak und Feuer. Es war für mich das erste Mal, dass ich dort echte Blüten sah und diesen Duft roch.

Zunächst zeigte er uns die Methode, wie man aus drei kleinen Blättchen ein großes klebte. Dann zeigte er uns auch große Blättchen und wie man einen Filter, gebaut aus einem Stück Pappe einbaut. Dann die Königsdisziplin: das Zusammenrollen. Das Thema Mischungsverhältnis wurde ebenfalls besprochen. Eine wirklich gute Einführung. Jeder durfte nun mal ziehen und schauen, wie es wirkte. Und dabei bekamen wir ein richtig gutes Grinsen in den Backen. Wir lachten zusammen, weil es für jeden unterschiedlich komisch war. Und unsere Eltern uns zum ersten Mal so erlebten, aber nicht wussten, was es damit auf sich hatte. Vermutlich dachten die Eltern, wir hätten einfach zu viel getrunken. Der neue Freund zeigte uns zum Glück direkt eine qualitativ gute Sorte. Er erzählte uns auch, wo man das Zeug herbekam. Von Dorf bis zur Grenze nach den Niederlande war es nicht weit. Es gab im Dorf auch einen recht kleinen Stadtpark mit einem Steintisch. An diesem

Steintisch trafen sich nach einigen Wochen, fast immer die gleichen Jugendlichen. Nicht nur Termine zu irgendwelchen Partys abzusprechen, sondern primär auch um miteinander zu »rauchen«. Mit Rauchen meinte man hier nicht nur die normale Zigarette. Wir waren eine eingeschworene Clique.

Über die Clique lernte ich bald auch Luke kennen. Luke war Sohn von Eltern niederländischer Abstammung. Zuhause wurde niederländisch gesprochen. Luke hatte blonde Haare mit Pilzschnitt (der war damals modern) und war immer cool angezogen. Luke meinte mal zu mir: »Du hast den schwarzen Gürtel in Psycho!«. Zu dieser Zeit fiel nicht nur die Berliner Mauer, sondern schwappte auch Techno und Hip-Hop Musik zu uns. Das erste mir bekannte Technolied war »Das Boot« von der Gruppe »U96«. Die zu der mir erste bekannte, deutsche Hip-Hop Gruppe waren »Die fantastischen Vier«. Die Szene am Steintisch etablierte sich immer mehr zu einem Bestellprozess für neues Marihuana aus Enschede. Luke und ich waren fast jedes Wochenende mit dem Walkman auf Einkaufstour. Später übergaben wir das Weed an die Besteller. Wir haben wohl alle möglichen Rauchtechniken ausprobiert und es war extrem lustig und eine superschöne Zeit. Wir fanden für unsere sonstige Langeweile etwas, was uns auf verschiedensten Wegen auch immer wieder unterschiedlich wegschoss. Luke wurde neben Keith ebenfalls ein richtig guter Freund. Wir hingen sehr oft zusammen ab. Ich war sehr oft bei Luke zuhause und wir »hingen zusammen ab«. Hörten also Musik von »Cypress Hill« oder »Limp Bizkit«, kifften und tranken viel, viel Bier.

Meine schulische Laufbahn entwickelte sich entgegengesetzt hierzu äußerst negativ. Es dauerte nicht lange, da tat ich nur noch so, als würde ich zur Schule gehen. Stattdessen kaufte ich mir manchmal morgens heimlich schon das erste Dosenbier. Zum Konsum hielt ich mich an unscheinbaren Plätzen auf. Früher gab es im Dorf noch ein altes Fabrikgelände, in welchem noch ein Couch stand und man sich hinsetzen konnte. Das machte ich natürlich nicht immer. Sondern eher mal hier, mal da. Ebenso das es nicht unbedingt auffiel. Diese Zeit mit meinen zwei besten Freunden war für mich rückblickend, die beste Zeit in der Jugend, die ich erlebte. Es gab noch kein Internet für die breite Masse. Man stand einfach vor der Haustür und trank auch mal ein Bier. Es war für uns normal, dass man Nachbarn einfach besuchen konnte, wenn der Schlüssel steckte. Der steckende Schlüssel bedeutete »Besuch willkommen«. Man ging einfach rein und unterhielt sich. Steckte kein Schlüssel, wollte man entweder Ruhe haben oder es war einfach keiner zu Hause.

Unser jüngster Bruder Elias wuchs gewaltig und irgendwann hieß es dann wieder: umziehen. Und zwar in die nächstgelegene Stadt, genauer zu einem Stadtteil davon: Allsteppe. Wie wir später erfuhren, war der Grund eine erneute Schwangerschaft. Und deshalb benötigten wir natürlich mehr Platz. Bedeutete auch: wieder ein Schulwechsel. Wieder neue Leute und gar kein Bock, wieder neue kennenzulernen. Für mich waren meine Freunde, die aus dem Dorf Schöningen. Und nicht irgendwelche anderen. Meine Freunde in Schöningen akzeptierten mich, so wie ich war. Egal ob der eine mehr Geld hatte oder der andere eine Sehbehinderung. Wir Freunde begegneten uns immer auf gleicher Augenhöhe. Ja, okay fast immer. Gegen Keith »kämpfte« ich sogar mal in einem »Spaßturnier« auf einen Kinderspielplatz. Wer von uns konnte besser Ninjutsu oder wie das hieß? Also trugen wir einfach unseren persönlichen Kampf aus. Natürlich mehr so als Spaß und Show für die Anwesenden. Auch bedrohte mich Keith in seinem Kifferkeller spontan vor versammelter Mannschaft mehrfach mit seiner Knarre. Und ich weinte vor Paranoia. Ich hatte Sorge, dass sich ungewollt ein Schuss lösen würde. Aber hinterher war wieder alles gut und wir gingen zusammen eine Runde spazieren. Genauso, wie wir im Keller von Rainer selbst gebaute Ninjasterne auf Pappziele warfen. Also für mich war diese Schule die letzte, die ich besuchte. Mit einem Abgangszeugnis der Klasse 8. In diesen Stadtteil wohnten wir etwa ein Jahr.

Als ich zu der Zeit am Wochenende mal wieder mit Luke unterwegs war, zelteten wir eine Nacht an einem See. Nachts unternahmen wir aber noch eine Tour ins nächste Dorf und wollten dann aber wieder zurück zum Zelt. Aber ohne zu laufen. Wir waren extrem müde. Also »besorgte« ich ein Fahrrad und wir fuhren damit zurück. Blöderweise sah uns einer und zeigte uns an. Einige Wochen später klingelte es zu Hause in Allsteppe. Ein Mann vom Amtsgericht trat ein. Er fragte dann, ob ich wirklich derjenige war, der auf seinem Zettel stand. Dann bat er Mama und unseren Stiefvater, Platz zu nehmen, damit wir über »etwas« sprechen konnten. Er sagte dann, er sei vom Gericht beauftragt worden, hier eine erzieherische Maßnahme einzuleiten. Weil ich eindeutig beim Klauen gesehen und erkannt wurde. Ich bekam 25 Stunden Sozialarbeit aufgedrückt. So musste ich also ein paar Mal helfen, auf dem Friedhof das Laub weg zu haken. Meine erste kleine Bestrafung. Klar war Mama nicht beeindruckt und erneut enttäuscht. Der Stiefvater tobte regelrecht herum, was ich doch für ein Nichtskönner wäre. Ich könnte nichts und würde auch nie etwas werden.

Es war mir egal. Dies musste ich so schreiben. Ich wollte einfach alles dafür tun, um auch von meinen Freunden weiterhin akzeptiert zu werden. Ich war einfach froh, dass ich endlich Freunde hatte. Bis zu meiner Jugendzeit hatte ich – außer meiner Cousine – nie gefühlt richtige Freunde. Nie. Es tat mir einfach weh, wieder wegzuziehen von einem Umfeld, was mir endlich gefiel. Wo ich einfach echt sein konnte. Und dann kam es einfach so, wie es kommen sollte, ohne dass es eine Rolle spielte, ob es für mich gut wäre oder nicht. Der Ton zwischen mir und dem Stiefvater wurde rau. Ich mochte den neuen Ort und die Umgebung gar nicht. Ich wollte immer wieder zurück ins Dorf. So trampte ich echt oft am Wochenende einfach zurück nach Schöningen, um meine Freunde zu besuchen. Mit dem Mofa war es ein wenig zu weit. Ich hörte mittlerweile immer lieber Musik verschiedenster Richtungen: Techno, Hardcore oder auch Hip-Hop. Außergewöhnliche Musik zog mich magisch an. Es dauerte auch nicht lange, dass sich Hip-Hop so stark entwickelte, dass es außer »Die fantastischen Vier« auch amerikanische Rapmusik in aller Ohren war. Aber noch nicht so prägnant. Ich umgab mich primär mit Rap in deutscher Sprache: »Aleksey«, »Fettes Brot«, »Samy Deluxe« – so was hörte ich damals. Das Album »Lauschgift« war für mich legendär.

13. Kapitel - Orientierungsdefizite

Einige paar Monate später zogen wir wirklich in die dazugehörige Stadt: Amaus. Die Wohnung lag direkt an einer viel befahrenen Kreuzung. Gegenüber befand sich die städtische Bibliothek. Daneben war die städtische Polizeistation. Ich hatte bisher keinerlei Pläne dazu, was ich beruflich werden könnte. Damit sich ein beruflicher Plan entwickeln konnte, meldete man mich auf bei einem Berufsorientierungszentrum – kurz BOZ – an. Dort gab es Werkstätten, in denen man unterschiedliche Berufsgruppen kennenlernen konnte. So besuchte man in einer Rotationsphase für ein paar Wochen jeweils einen der angebotenen Arbeitsbereiche. Anschließend konnte man sich fest für einen Bereich entscheiden. Ich entschied mich für den Malerbereich. Ich konnte dies gut mit meinen verträumten Gedanken verbinden. Mich regten bestimmte Formen oder Gegenstände zum Nachdenken an. Der Werkstattleiter kam mit seinen langen Haaren sehr lässig rüber. Er hieß John und genauso lässig verhielt er sich auch. Er hörte sehr gerne Musik der Gruppe »Red Hot Chili Peppers«. Die fand ich auch ganz gut. Also besuchte ich fortan das BOZ und wir malten auf Holzplatten verschiedene Muster. Ab und zu übten wir auch Spachtelarbeiten.

Grenzenlos war auch mein neuer Kollege Johannes. Johannes entschied sich auch für die Malerwerkstatt und hörte etwas andere Musik wie ich. Er hörte Musik über Dunkelheit, den Tod und weitere, düstere Themen. Also primär Gothic und viel harte Metal Musik, wo man mitunter angeschrien wurde. Johannes war, was Musik anging, sehr vielfältig. So brachte er auch mal eine CD von der Gruppe »Body Count« mit. Schwere Kost für einen ungeübten Hörer. Zu der Zeit trampte ich weiterhin immer wieder auch zum Dorf, um meine Freunde zu besuchen. Es gab später auch im BOZ die Möglichkeit, den Hauptschulabschluss nachzuholen. So meldete ich man mich beim BOZ an. Dazu büffelte ich auch ein bisschen. Im BOZ lernte ich nach einigen Wochen Paul kennen, der zwei Städte weiter, nämlich in Bronau wohnte. Der Kollege zog sich auch schon mal ganz gerne morgens vor der Arbeit im Park den ersten Joint durch. Mit ihm verstand ich mich auch sehr gut. Vom BOZ aus unternahmen wir mal eine Kanutour nach Munster. Die Kanutour als solches war phänomenal gut. Mal etwas völlig anderes. Was das anging, hatte das BOZ echt was zu bieten. Dort angekommen und kurz eingerichtet, trugen wir die Kanus raus aufs Wasser. Danach fuhren wir mit den Kanus in Munster auf einem Fluss. Es war die Ems oder die Werse. Und ich genoss es. Tja, abends fingen wir an, Bier zu trinken. Mit einer kleinen Truppe sahen wir uns im Rahmen eines Spaziergangs im nächsten Dorf ein wenig um. Da war leider nichts los und wir sind zurückgelaufen. Der Leiter John kam später dazu. Er war noch auf einem Konzert der Rockgruppe

»Motörhead«. Als ich später richtig einen sitzen hatte, rannte ich durch ein anstehendes Maisfeld. Und grunzte dabei wie ein Wildschwein. Einfach ein Moment zum Fremdschämen. Danach setzte ich mich ohne Ankündigung einfach den heiß geliebten VW Bulli von John. Dann machte ich die Knöpfe runter und hörte laut Musik. Ich kaperte quasi für circa 20 Minuten den Bulli. Später »ergab« ich mich dann. Noch ein bisschen später hatte ich einen richtigen Filmriss. Morgens wachte ich auf und mir war speiübel. John gab mir durch seine Blicke zu verstehen, dass ich mich sehr dumm benommen haben musste. Ich war sehr durcheinander und schämte mich. Der Tag ging für mich mit einem miesen Gefühl zu Ende.

Es kam im BOZ der Tag, an dem ich eine der Prüfungen für den Hauptschulabschluss absolvieren durfte. Glücklicherweise bot mir Paul vor der Prüfung an, noch »eben schnell« einen Joint gegen die Prüfungsangst zu rauchen. Ein Angebot, welches ich gerne annahm. So gingen wir morgens um kurz vor acht in den Park und er baute uns einen. Dann rauchten wir fix die Tüte und gingen entspannt zurück. Der Rausch überkam mich. Das andere Setting machte mich fertig. Ich war zunächst leicht high und ging unauffällig in die Klasse. Wir waren circa acht Personen und es kam der Lehrer herein, welcher uns prüfen würde. Da ging es bei mir körperlich so richtig bergab. Die Zettel wurden ausgeteilt. Mir wurde warm und wärmer. Ich schaute in den Raum und alles fing an, sich zu drehen. Ich konnte mich nicht mehr konzentrieren und war extrem stoned. Mir wurde heiß und ich bekam Schüttelfrost. Meine Hände und Füße begannen zu kribbeln. Das waren die für mich die bekannten Anzeichen für einen Kreislaufkollaps. Ich wollte die Prüfung aber auch irgendwie hinkriegen. Aber: Ich war einfach fertig. Ich legte meinen Kopf auf die Arme, als wollte ich schlafen. Ich bekam die ungewollt erwarteten Effekte und bekam einen heftigen Schweißausbruch.

Der Lehrer bemerkte, dass es mir nicht gut ging, und kam zu mir. »Gehts es Ihnen nicht gut? Wollen Sie mal rausgehen?«. Nachdem ich aufstand, schleppte ich mich träge und schwankend nach draußen. Ich musste mich auf die Treppe setzen und frische Luft schnappen. Ich schwitzte vor mir her und kam nicht klar. Dann sah ich Paul, der nun vor Schadenfreude grinste und an mir vorbeiging. ›So ein Arsch‹, dachte ich mir. Der Lehrer kam raus und erkundigte sich nach meinem Befinden. Mir ging es gar nicht gut. Und wir vereinbarten, dass ich die Prüfung nachholen könne. Ich sprach kurz mit einem der sozialen Mitarbeiter vom BOZ und suchte dann meinen Arzt. Obwohl der Doktor gefühlt in maximal zwanzig Minuten Fußweg erreichbar gewesen wäre, brauchte ich fast zwei Stunden. Ich musste mich unterwegs immer wieder hinsetzen, weil mein Kreislauf Probleme machte. Bei all dem ganzen Konsum kam noch hinzu, dass ich lieber Trank statt zu essen und ich sehr dünn war. Beim Arzt angekommen, wurde bei mir der Puls gemessen und man verabreichte mir unmittelbar Kreislauftropfen. Nach einer halben Stunde im Wartezimmer, wo ich warten durfte, fühlte ich mich wieder so fit, dass ich zumindest wieder gerade gehen konnte. Das mit dem Joint vor der Prüfung war keine gute Idee.

Ansonsten hatte ich immer mal wieder Probleme mit kleineren Diebstählen, die mir verständlicherweise nachgetragen wurden. So musste ich sehr bald erneut Sozialstunden leisten. Und als ich einige Tage später in der Stadt verträumt das Laub hakte, fragte mich ein Kollege, warum ich denn nicht bei der Nachprüfung erschienen war. Ich Trottel vergaß den Termin für die Nachprüfung. So schaffte ich es hier leider nicht, diese Chance auf einen Hauptschulabschluss zu nutzen. Erneut kam mir die »Idee«, dass ich mich hier »ein wenig« verbessern könnte. Es war doch nicht normal. So viel zu meinen Talenten.

Noch ein Schwenk vor dem Jahresende im BOZ. Es gab in der Malerwerkstatt Martin. Ein blonder Kollege, der sehr gerne den Spaßvogel machte. Auch mit ihm hab ich mich gut verstanden. Ungefähr zu dieser Zeit erblickte Halbbruder Torben das Licht der Welt. Und die »Familie« wuchs weiter. Gefühlt sehr häufig wurden wir dazu angehalten unsere Halbgeschwister aufzupassen, die Flasche zu geben und Windeln zu wechseln. Klar liebte ich meine Geschwister. Aber ich hätte auch gerne mehr Zeit von meiner eigenen jugendlichen Zeit gehabt. Nach einiger

Zeit quittierte ich die als selbstverständlich aufgefassten Aufgaben damit, dass ich am Freitag einfach nach der Arbeit einfach abhaute. Und meist auch erst am Sonntagabend wieder nach Hause kam. Das sah man natürlich überhaupt nicht gerne.

Handys gab es zu dieser Zeit nur für sehr gut Verdienende. Ich wollte auch eines, weil ich cool sein wollte. Mein Konsum von Alkohol und Gras stieg in dieser Zeit schon sehr massiv an. Es war für mich mit sechzehn nichts besonderes, alleine Alkohol zu trinken oder zu kiffen. Auf Kifferparties bei einem anderen Bekannten aus Schöningen probierte ich zum ersten Mal Pilze und andere chemische Drogen. Zu dieser Zeit änderte sich auch mein musikalischer Geschmack. Statt normalen Techno hörte ich Hardcore und holte mir einige »Thunderdome« CDs. Die jedoch für mich prägnanteste Musikrichtung war Hip-Hop bzw. Rap. Lieblingsgruppen waren »Cypress Hill« oder »Wu-Tang Clan«. Beide Gruppen waren für uns einfach »Gangster-Rap« Gruppen. Wir wollten genauso cool sein. Genauso hart kiffen. Genauso klauen. Genauso Musik machen. Aber eigentlich war es nur ein Wunsch und eine Begleiterscheinung zwischen dem immer weiter steigenden Konsum. Es entwickelte sich schon der Hang, möglichst viel von allem zu konsumieren. Und wie durch ein Wunder wurde Mama bald erneut schwanger. Und es bahnte sich erneut ein Umzug an. Gleiche Stadt, nur ein anderer Stadtteil.

14. Kapitel - Kontrollverlust

Nach dem Umzug in den Stadtteil Messum: Einige Monate später kam unsere Schwester Lucy zur Welt. Das brachte Leben in die Bude. Nach der Zeit im BOZ dachte ich, eine Ausbildung zum Maler und Lackierer könnte etwas für mich sein. Der Monat August hatte bereits begonnen, also spornte Mama mich dazu an, einfach mal die Gelben Seiten aufzuschlagen. Ich fand einen Malerbetrieb, bei dem ich meine Ausbildung beginnen konnte. Und nach dem ersten Monat als Auszubildender »Stift«, als hätte man es abwarten können, musste ich von meinem Gehalt jeden Monat 400 DM Kostgeld bezahlen. In der Berufsschule traf ich wieder auf Martin aus dem BOZ und war froh, dass er auch dort war. Ein paar Monate nach dem Ausbildungsbeginn hatte Martin Geburtstag und bat mich, den DJ zu machen. Das nahm ich natürlich gerne an. So fuhr mich meine Mutter nachmittags mit meinem Zeugs nach Martin. Dort angekommen, baute ich mein Set-up im Wohnzimmer auf. Meine Anlage bestand aus einem Plattenspieler – welcher natürlich auch als Verstärker diente. Dazu ein CD-Spieler und relativ normale Lautsprecherboxen. Die Party war offenbar sehr gut. Morgens wachte ich irgendwann einfach auf und hatte einen guten Kater. Als ich das Wohnzimmer betrat, schliefen dort noch einige der Gäste. Die Wohnzimmerlampe lag heruntergerissen auf dem Boden und sonst sah es sehr danach aus, als wenn man gut gefeiert hätte. Das bestätigte mich. Meine Mutter holte mich und mein Zeugs später wieder ab.

Während dieser leichtsinnigen Zeit tat ich etwas, was ich eine sehr lange Zeit bereute. Es gab ein Wochenende, an dem ich, Luke und noch ein Kollege in der Stadt unterwegs waren. Da kam am späten Abend ein Mädchen, das wir kannten. Sie erzählte, dass Sie mit Ihrem Freund Schluss machen wollte. Sie sagte, dass sie aber Angst davor hätte, er würde sie dann schlagen, weil er sehr eifersüchtig sei. Wir boten ihr an, ihr aus der Ferne in der Situation beizustehen. Aber so, dass er uns vorher nicht sah. Sie verabredete sich mit ihm in einem Hinterhof mit Garagen. Ich war zu dieser Zeit mit meinem Stiefvater und meiner Gesamtsituation sehr unzufrieden und im Geiste sehr bösartig unterwegs. Damit er auf gar keinen Fall eine Chance bekommen könnte, falls er mich oder irgendwen angreift, nahm ich heimlich eine Bierflasche mit. Diese Bierflasche hatte keinen Boden und ich steckte diese in eine meiner Jackentaschen. Ich trug zu der Zeit fast immer Parker, weil man darin sehr viele Dinge verstauen konnte. Der Zeitpunkt zum Treffen kam. Er kam, Sie kam. Sie trafen sich in der Mitte vom Hof und wir zeigten uns, damit er sieht, dass sie nichts befürchten musste. Er schätzte die Situation aber so ein, dass wir ihn einfach verprügeln wollten. Er begann nach kurzem Hin und Her eine Schlägerei mit dem anderen Kollegen, Luke ging dazwischen und es eskalierte. Ich hatte zu diesem

Zeitpunkt schon einiges an Alkohol intus. Ich ging wie im Wahn dazwischen, hab den Typen zu Boden gezogen. Dann holte ich die Flasche aus meiner Tasche und schlug ihm diese direkt ins Gesicht. Ich war im Rausch. Es klirrte und ich lies von ihm ab. Luke und der andere Kollege waren von meinem Verhalten verwirrt und überrumpelt. Sie suchten verständlicherweise das Weite.

Der Typ hatte eine Schnittwunde unter dem Auge und blutete. Ich rannte feige weg Richtung Supermarkt. Ich begriff nicht mehr richtig, was ich tat. So fing ich an, mich selbst zu hinterfragen, zitterte und bekam Probleme mit meiner eigenen Wahrnehmung. Wird er überleben? Habe ich gerade jemanden getötet? Dann kam er plötzlich angerannt, schnappte mich und rammte mich gegen eine Mauer. Ich flehte ihn an: «Es tut mir leid, es tut mir leid, ich weiß auch nicht, warum ich das getan habe«. Er schrie mich an: »Wegen Dir muss ich nun ins Krankenhaus!«. Dann ließ er von mir ab und machte sich auf den Weg Richtung Krankenhaus. Ich heulte und war über mich selbst schockiert. Ich wusste nicht mehr, was ich machen sollte. Eine Hand war voller Blut. Ich selbst hatte eine kleine Schnittverletzung in der Hand. Ich ging ohne Ziel durch die Stadt. Später setzte ich mich einfach in eine Telefonzelle und heulte. Ich konnte nicht einfach so nach Hause. Ich wartete auf die Polizei. Doch die Polizei kam nicht. Vielleicht würde er keine Anzeige erstatten und ich komme davon? Ich wusste es nicht. Irgendwann in der

Nacht hielt ein Auto an und ein Mann fragte mich, ob er mich irgendwo hinfahren könnte. Der Mann fuhr mich nach Hause. Es muss ungefähr gegen halb eins nach Mitternacht gewesen sein, als meine Mutter mir die Tür öffnete und mich rein ließ. Mama merkte wohl, dass etwas nicht stimmte, aber ich konnte es nicht erzählen. Ich versteckte auch meine Hand mit der verhältnismäßig kleinen Schnittverletzung. Es war für mich einfach zu heftig.

Einige Tage später trampte ich wieder nach Luke und unterhielt mich mit ihm darüber. Ich schämte mich sehr. Von mir selbst hätte ich nie gedacht, dass ich derart aggressiv sein könnte. Es dauerte nicht lange, da waren wir am Wochenende wieder unterwegs. Beide angezogen wie die letzten Henker. Wir fanden uns abends auf einer Stoppelfeldparty wieder. Es lief etwas GOA also eine eher esoterisch angehauchte Musik. Spät in der Nacht – wir befanden uns einige Kilometer fernab von Schöningen und Amaus. Da kam ich auf die glorreiche Idee, uns einfach ein Taxi zu bestellen. Ich wollte Luke nach Hause bringen und später den Taxifahrer austricksen. Taxi gerufen. Luke nach Hause gebracht. Dem Taxifahrer sagte ich, er möge mich nach Messum fahren. Dann an einer Kurve – bis nach Hause wären es noch circa 500 Meter, bat ich ihn rechts ranzufahren. Ich sagte, ich müsste kurz aussteigen, sonst käme ich nicht ans Portemonnaie. Ich stieg aus, tat dann kurz so, als würde ich die Patte raus holen und rannte aber los. Einfach eine Straße herunter. Es regnete ein wenig. Er hinter mir her. Ich überschätzte meine eingerostete Kondition und er holte mich tatsächlich ein. Dann konnte ich nicht mehr und ergab mich. Sodann fuhr er mit mir zur Polizei. Dort gab es eine Anzeige und das war es wieder.

Dachte ich. Ich kam auf jeden Fall spät in der Nacht zu Fuß nach Hause. Am nächsten Tag spielte ich zu Hause wieder »heile Welt« und fühlte mich sicher. Da kam jemand in einem Auto vorgefahren. Stieg aus und ging zu unserer Tür. Ich bekam nur am Rande mit, dass es klingelte. Der Stiefvater meinte: »Los, mach mal auf. Mal gucken, wer da gekommen ist.« Ich ging zur Tür, öffnete und blickte in den Augen des Taxifahrers. Da wurde ich nervös. Der Taxifahrer »Ach, sieh mal einer an. Dein Vater zu Hause?« – »Komm rein!« Hörte ich den Stiefvater rufen. So musste ich den mir »unbekannten« Mann reinlassen. »Mach mal Kaffee!«, sagte der Stiefvater. Und ich machte ohne Kommentar einfach den Kaffee. Der Taxifahrer setzte sich wie ein König im Palast auf die Eckbank und fragte: «Ist das dein Junge?« – »Ja, Stiefsohn« – »Gut zu wissen« – sagte der Taxifahrer. Der Stiefvater roch Lunte und bohrte nach: »Warum, stimmt was nicht?«. Da erzählte der Taxifahrer unserem Stiefvater brühwarm, wie wir uns kennenlernten. Nach dem Besuch rasteten Mama und der Stiefvater regelrecht aus. Konnte ich in den späteren Jahren mit mehr Reife völlig nachvollziehen. Anderseits kam es mir stets so vor, als wenn es dem Stiefvater primär nur um Geld ging.

Unser richtiger Vater überwies seit mehreren Monaten kein Unterhalt mehr. Und so gab es bald eine Gerichtsverhandlung, in der ich gegen meinen eigenen Vater aussagen musste. Das Ergebnis war eine Nachzahlung in Höhe von ca. 1900 DM. Das Geld wurde auf meinem Konto überwiesen. Ein paar Tage später war das Geld da und ich hob am Geldautomaten Geld ab. Um es kurz zu machen: Es gab zum Thema Geld einen Heidenkrach, an dem ich sicherlich nicht unbeteiligt war. Unter anderem fuhr ich einfach mal zu einer ländlich angehauchten Disco in der Nachbarstadt. Am Tag danach wachte ich zu Hause auf, im Zimmer lag überall Konfetti. Da flog die Zimmertür auf und der Stiefvater schimpfte mit mir. Ich hielt es nicht mehr aus. Mittlerweile hatte ich oft genug den Wunsch, einfach abzuhauen. Ein eigenes, selbstbestimmtes Leben leben zu können. Ich befand mich im zweiten Lehrjahr und es war Winter. Wohl ein nicht wirklich passender Moment, um einfach die Tasche zu packen. Jedoch musste ich unbedingt einen Strich ziehen. Meinen Eltern zeigen, dass hier eine rote Linie überschritten wurde. Vielleicht wollte man ja auch, dass ich auszog. Spätestens nach dem Auftritt von Stiefvater empfand ich es so. Ich blieb einfach im Zimmer und plante, am nächsten Tag früh morgens abzuhauen. Meine Eltern würden erst denken, ich sei unterwegs zur Arbeit. Für meine Geschwister tat es mir hier furchtbar leid, weil ich diese allesamt lieb hatte. Auch für mich war es hier nicht einfach. Aber ich musste in dem Moment einfach raus ins Leben. Ich wollte einfach nur noch weg.

15. Kapitel - Auf und davon

Montag früh. Ich stand so gegen 5 Uhr auf, nahm eine Sporttasche und packte alles ein, von dem ich dachte, es könnte mir für die erste Zeit wichtig sein. Ich zog Jacke und Schuhe an, nahm die Sporttasche und ging leise aus dem Haus. An der Straße stand eine Telefonzelle. Ich ging rein und rief den Chef an. Ich sagte, man hätte mich zu Hause rausgeworfen und ich könnte heute nicht zur Arbeit kommen. Ich müsste schauen, wo ich bleiben kann. Stimmte zwar nicht, fühlte sich aber eins zu eins so an. Es machte für mich mental keinen Unterschied. Dieser Gang aus dem Haus zur Telefonzelle und das Gespräch mit dem Chef geschah, wie in einem Film. Der Weg von Messum bis Amaus – ebenfalls – wie in einem Film. Ich war traurig darüber, dass ich diesen Weg wählte, aber auch wählen musste. Die Bilder aus dem Kindergarten kamen zurück. Szenen, wie wir zu Hause aus- und ins Mutter-Kind-Heim einzogen.

Bilder, wie ich fast aus dem zweiten Stock gesprungen wäre. All diese Wut und Traurigkeit, die sich all die Jahre angestaut hatten, kamen hoch. Der Klumpen im Hals wurde groß und ich heulte beim Gehen. Es war emotional sehr schwierig, meine Geschwister zurückzulassen. Und doch musste ich meine eigene Situation ändern, um wieder fröhlich werden zu können. Das konnte ich »zu Hause« nicht mehr. Das Wort und das Gefühl zu einem »zu Hause«

nahm seit dem Auseinanderbrechen der Familie immer mehr ab und löste sich auf.

Ich kam in der Stadt an, musste noch ein ganzes Stückchen laufen und trampte schließlich nach Keith. Keith wusste noch nichts von seinem Glück und ich hatte auch Angst davor, dass Keith mich erst gar nicht reinlässt oder sagt »Hau bloß ab« oder so was. Ich ging hinten herum und klopfte an seiner Scheibe und flüsterte ein wenig: »Keith!«, »Keith!«. »Ja komm rum«, antworte Keith. Ich ging zur Haustür und Keith öffnete. In seinem Zimmer angekommen, sagte ich Keith, dass ich abgehauen bin, weil ich mit meinen Eltern nicht mehr ausgekommen bin. Ich fragte, ob ich ein paar Tage bei ihm schlafen könnte, bis ich etwas gefunden hätte. Keith sagte »Ja«. Keith hatte sogar noch ein Fahrrad, was er mir lieh, damit ich die 9 Kilometer zur Arbeit fahren konnte. Dann baute Keith einen Joint und ich konnte mich von all dem Gefühlschaos ein wenig erholen. Später am Nachmittag hatte Keith den Vorschlag, dass wir Hilfe suchen beim örtlichen Jugendhaus. Also gingen wir auch dorthin und schilderten den Sozialarbeitern dort meine Lage. Leider konnte man mir außer mit ein paar Tipps, an welche Stellen ich mich wenden könnte, nicht wirklich helfen.

Da tauchten plötzlich Mama und der nun ehemalige Stiefvater im Auto dort auf und ich sah auf der Rückbank alles voller Gelber Säcke. »Wo sollen wir deine Klamotten hin packen?«. Ich dachte, ich hörte nicht richtig. Also nicht nur, dass mein Auszug scheinbar gewollt war, sondern man packte meine Sachen einfach in Müllbeutel und Gelbe Säcke, so wie als wäre ja eh alles Müll. Keith rettete die Situation, indem er sagte »Ihr könnt das bei mir hinstellen«. Dann fuhren beide weg. Keith und ich gingen wieder zurück zu dem Bauernhaus. Dort angekommen, sah ich schon, wie man die Gelben Säcke einfach abgestellt hat. Es kam mir vor, als wolle man mich einfach abservieren. Mama und der Ex-Stiefvater warteten dort auf mich. »Komm mal hier« hieß es dann von Mama. Ich ging hin und wollte wissen, was man mir zu sagen hat. »Das ganze Unterhaltsgeld, was Du vom Alten bekommen hast, gehört uns. Das möchte wir wieder haben, nur dass das klar ist«. Dem entgegnete ich mit: »Das Geld bekommt ihr nicht wieder, denn es wäre ohnehin für mich bestimmt gewesen.« Dann haute ich noch ein fieses Schimpfwort raus. Gut, Letzteres hätte nicht sein müssen, aber ich musste es einfach mal rauslassen. Sie fuhren weg und ich ging zu Keith, der mir half, die Säcke reintragen.

Die Sachen konnte ich bei Keith eine Zeit lang unterstellen. Ich verblieb mit Keith so, dass ich einfach weiter arbeiten gehe, damit zumindest meine finanzielle Situation einigermaßen stabil bleibt. Dann wurde mir aber klar, dass ich es körperlich und auch mental nicht fertig brachte, Arbeiten zu gehen. Morgens die acht oder neun Kilometer bis zur Malerbude zu strampeln und abends wieder zurück. So habe ich Keith drei Tage lang angelogen, dass ich Arbeiten war, obwohl ich die Zeit einfach in der Stadt verplemperte. Ich war einfach faul zu der Zeit. Ich war mental fertig. Am vierten Tag fand Keith heraus, dass ich ihn anlog, weil mein Chef bei ihm anrief. Das war von mir natürlich einfach nur scheiße dem Freund gegenüber. Der beste Freund hilft einen und ich legte mich stattdessen einfach auf die faule Haut. Dafür setzte Keith mich dann vor die Tür und sagte, ich könnte nicht länger bei ihm schlafen. Konnte ich aber auch verstehen. Keith gab mir dann aber, damit ich mir draußen nicht den Arsch abfror, einen Schlafsack mit. Einige Nächte verbrachte ich im Dorf draußen und schlief auf einer Bank im Park. Die Bank war hinter ein paar Büsche versteckt, so das man bei trockenem Wetter eigentlich relativ gut geschützt war. Ich machte also meine ersten Erfahrungen und schlief draußen.

Der Freund meiner Tante lieh mir auch mal einen Seesack, in dem ich vieles verstauen konnte. Zwischendurch war ich viele Male bei Luke. Luke lieh mir einen Walkman und eine Kassette mit der Musik von »Cypress Hill«. Es war mental so, als hätte ich die ganze Zeit Freunde im Ohr, die mir der Situation beiständen. Noch fühlte es sich so an, als hätte ich einfach nur mal kurz kein Dach über den Kopf. Die Kälte in der Nacht machte mich jedoch sehr schnell fertig. Zum Glück hatte ich von Keith den Schlafsack. Eine Nacht durfte ich bei den früheren Nachbarn im Keller schlafen. Einige Male durfte ich auch bei denen mit frühstücken. Nach ein paar Tagen, die ich auch hätte arbeiten müssen, kam die Idee auf, dass ich ja bei Oma und Opa auf den Bauernhof unterkommen könnte. Ich rief also dort an und sie nahmen mich auf. Eine Tante holte mich netterweise ab. Von Keith nahm ich die restlichen Sachen mit. Auf den Bauernhof teilte ich mir das Zimmer mit dem jüngeren Bruder vom Thobass, Reinhard. Auf dem Zimmer gab es für jeden von uns ein eigenes Bett. Zwischen uns ein Vogelkäfig mit einem Papagei, der ab und zu herum rief. Die Tante fuhr mich fast jeden Morgen mit dem Ford-Transit zur Malerbude. Oder in die Stadt, wenn ich Berufsschule hatte.

Der Ford-Transit hatte im Winter Probleme mit der Batterie. So musste ich den Bulli im Winter einige Male bei frostigen Temperaturen anschieben. Da ich meinen Alkoholkonsum zu dieser Zeit gar nicht mehr im Griff hatte, schwänzte ich die Berufsschultage. Ich trank Bier, statt zur Schule zu gehen. Nicht extrem viel. Aber einfach so. Einfach zum Abschalten. Da war ich 17 und wusste schon, dass ich süchtig war. Ich stellte schon relativ früh fest, dass mein Trinkverhalten nicht normal war. So erinnerte ich mich noch gut daran, dass Martin mich einmal vor der Schule einfach ansprach. Er meinte, ich solle einfach mal wieder mit in die Klasse kommen. Also ging ich mit. Meine Kleidung war mittlerweile dem Look eines Obdachlosen nachempfunden. Als der Lehrer reinkam, fragte er mich, ob ich überhaupt in der Ausbildung sei. »Na klar, ruf doch an!«, entschärfte ich die Situation. Ich war mit meinen Gedanken, mit ganz anderen Dingen, wie der Ausbildung beschäftigt. Kurz vor der nächsten Schulpause drehte ich mir eine Zigarette. Der Lehrer spazierte genau in dem Moment nach hinten. Da zündete ich mir vorne in der ersten Reihe ganz trocken die Zigarette in der Klasse an. Dann zog ich ganz normal davon und pustete den Rauch Richtung Tafel. »Hey, Jan!!«, flüsterte Martin zu mir. »Oh Scheiße!«, murmelte ich und trampelte schnell die Kippe aus. Pustete den Rauch möglichst weit durcheinander. Wir beide und ein paar Mitschüler lachten über meine etwas verfrühte Raucherpause.

Auf dem Bauernhof bei Oma und Opa wollte man nach einiger Zeit auch diese pauschalen 400 DM Kostgeld. Ich verstand ja, das Essen und Trinken Geld kostet. Aber ich verstand nicht, warum ich ständig dabei das Gefühl hatte, dass man mir zu viel abknöpfte. Meine Tante und Ihr Freund waren in ein anderes Dorf in der Nähe gezogen. So packte ich meine Tasche und versuchte, bei Ihnen unterzukommen. Das wollte man aber auch nicht. Und ich konnte die Lage bei dem ein oder anderen nachvollziehen. Wer möchte schon gerne eine dritte Person, die sonst nicht viel mit der Familie zu tun hat, ständig zu Hause sitzen haben? Ich machte mich wieder auf nach Schöningen.

16. Kapitel - zurück zur Heimatstadt

Es war immer noch Winter und diese ganzen Umzüge spielten sich in einem sehr kurzen Zeitraum ab. In Schöningen angekommen, lief ich nach Luke oben auf dem Berg. Jedes Mal dieser Weg da hoch. Als ich ankam, klingelte ich und er lies mich rein. Die Eltern von Luke waren vermutlich nicht immer von meinen spontanen Besuchen im ungewöhnlichen Look angetan. Deshalb ging ich bald dazu über, bei Luke oder Keith leise am Fenster zu klopfen, statt laut zu klingeln. Luke war genau wie Keith ein echter Freund, der mich immer gut behandelt hat. So gab Luke mir oft frische Klamotten zum Anziehen. Bei bei den konnte ich mich frisch machen.

Ich suchte auch Hilfe beim Sozialamt. Ich schilderte klar meine Situation und sagte, dass ich mich mit dem Stiefvater absolut nicht mehr verstehen würde und ich eine Wohnung bräuchte. Auch damit ich weiter arbeiten gehen könnte. Doch man sagte mir: »Da Sie die Möglichkeit hätten, nach Hause zurückzukehren aber diese nicht nutzen, können wir Ihnen leider nicht helfen.« Ja, danke für nichts. Ich kam nicht drumherum und brach meine Ausbildung ab. In den letzten sechs Monaten lackierte ich fast ausschließlich Heizkörper mit Flutlack. Danach war ich immer ein »wenig« benommen. Als ich beim Arbeitsamt Arbeitslosenhilfe beantragte, gab ich an, dass ich davon auch ständig Kopfschmerzen bekam. Daher konnte ich diese Arbeit nicht länger machen. Ein paar Tage später hatte ich meinem achtzehnten Geburtstag. Ich erinnerte mich noch daran, wie ich mir zum Geburtstag selbst einen eigenen Walkman schenkte.

Ich pendelte oft zwischen Luke und Keith hin und her. Auch damit ich keinen von beiden ungewöhnlich lange auf »der Tasche« lag. Zumal ich mein Geld auch sehr schnell mal eben wegkonsumierte. Mittlerweile gewöhnte ich mich daran, draußen zu schlafen. Aber es war eben nicht Sommer, sondern schweine, schweinekalt. Es gab damals am Bolzplatz, weiter unten in Schöningen an einem Feld, ein paar Meter abgelegen vom Weg einen dicken Baumstamm. Hinter diesen versteckte ich mich dann nachts zum Schlafen. Dort lag ich dann versteckt dahinter und drehte mir meistens vor dem Schlafengehen noch eine Fluppe. Mit dem einem Schlafsack ließ es sich hier oder in der Scheune einige Meter weiter ganz gut aushalten. Wenn es nicht zu kalt war. Einer der besten Momente war folgender. In der Silvesternacht, wo alle ein zuhause hatten und mit der Familie beisammen saßen, gab es mindestens einen Freund, der an mich dachte. Luke ist nach Mitternacht – von zu Hause oben auf den Berg, bis hinunter zum Bolzplatz gelaufen, weckte mich und sagte »Frohes Neues!«.Dazu hielt mir dazu einen angezündeten Joint hin. Diese Geste werde ich niemals vergessen. Ein Freund, der sich dafür interessierte, wie es mir ginge und zeigte, dass er für mich da war. Genauso, wie Keith mir zeigte, dass er ein echter Freund war. Ich klopfte so unendlich viele Male bei beiden an den Fenstern. Und doch haben mir beide immer so gut sie konnten geholfen.

Da die Temperaturen draußen recht niedrig waren, kam es irgendwann so, wie es kommen musste. Ich zog mir eine Lungenentzündung zu und bekam gefühlt nur noch zur Hälfte Luft. Es wurde sehr, sehr schwierig und ich stellte mich bei einem Arzt im Dorf vor. Dort gab man mir dann einfach etwas zum Inhalieren. Aber es wurde nur bedingt besser, da ich ja trotzdem weiterhin draußen schlief. So suchte ich Rat bei unseren ehemaligen Nachbarn. Die Mutter von Rainer empfahl, es doch einfach mal mit einem Anruf bei meinem Vater zu versuchen. Das könnte tatsächlich die Lösung sein und mir eine Art Neuanfang ermöglichen. Na ja, zumindest angeblich. Ganz, ganz ehrlich: Zu der Zeit war ich schon sehr, sehr süchtig unterwegs. Im Supermarkt in der Stadt wurde ich bestimmt schon mehr als drei Mal erwischt. Aber es war mir egal. So lange ich Bier oder Alkohol hatte, war es mir einfach wurscht. Ich wusste mittlerweile schon, dass die Sucht immer öfter meinen Tagesablauf bestimmte. Oder ich meinen Ablauf in den Tag so plante, dass ich möglichst viel Alkohol bekam oder sonstige Drogen. Nun gut. Also rief ich meinen Vater an und fragte ihn, ob er mich abholen könnte. Ich bekam schließlich nur noch zur Hälfte Luft und ich hatte zu der Zeit keine andere Möglichkeit, irgendwo unterzukommen. Er wohnte zu der Zeit einfach bei Oma. Unten im Erdgeschoss war sein Wohnbereich. Also dort, wo früher die Nachbarn wohnten. Oma wohnte wie gehabt in der ersten Etage. Ganz oben gab es ein Zimmer, in dem Papa sein Schlafzimmer hatte. Ganz unten gab es ein Gästezimmer. Das konnte ich beziehen. Es war eine immense Erleichterung, dass mein Vater mich abholte. In der warmen Wohnung erholte ich mich und nach ein paar Tagen, ging es mir wieder besser. Das Verhältnis zu meinem Vater war dennoch nicht einfach. Er und Oma vertrauten mir aber in dieser Phase der Sucht. Ich hingegen, verlor immer häufiger die Kontrolle und konsumierte viel zu viel. Auch hier bezog ich Arbeitslosenhilfe.

Ohne das mein Vater davon erfuhr, besorgte ich mir eine Kreditkarte bei einer im Fernsehen stark beworbenen Bank. Ich bekam zu meinem Erstaunen als Arbeitsloser tatsächlich eine echte Kreditkarte zugesendet. Nachdem ich eine über das Jobcenter vermittelte Tätigkeit als Tapetenentferner erledigte, zog es mich an den Wochen ohne Arbeit immer öfter zum Busbahnhof. Dieser Ort aus meiner Kindheit zog mich wieder magisch an. Die Obdachlosen waren redselig und erzählten Ihre Storys, währenddessen Sie tranken. Vom Bahnhof aus konnte man mit einem Bus direkt in die Niederlande fahren. Auch ich fuhr einige Male rüber. In den Niederlanden kaufte ich dann etwas Gras und fuhr stoned mit dem Bus zurück. Am Bahnhof lernte ich David kennen, mit dem ich mich gut verstand. Von der Wohnung bis zu ihm war es nicht weit.

So ging ich immer öfter zu ihm statt zum Bahnhof. In seiner Wohnung konsumierten wir auch ziemlich oft und nicht zu knapp. Er kannte auch Torte. Ein Punker, der ein paar Straßen weiter, im Problemviertel eine Wohnung hatte. Ein Mädchen aus der Nachbarschaft, die ab und zu kiffte, hat sich mit einem Typen – vermutlich einem Rumänen – befreundet. Es dauerte nicht lange, da waren Sie zusammen.

Der Rumäne war auch ab und zu beim Torte auf Besuch und bald erfuhr ich auch warum. Er fragte mich eines Tages, ob ich bereit wäre, Autos auf meinen Namen anzumelden. Es gäbe dafür auch ein paar Euros. Für jedes Auto so 350 € auf die Hand. Direkt nach der Anmeldung. Da ich das Geld natürlich für den Konsum gut gebrauchen konnte, meldete ich in einer Woche zehn Autos auf meinem Namen an. Ich sah nicht die Kosten, die mir dadurch entstehen würden, sondern einfach das Geld in diesem Moment. So verballerte ich in einer sehr kurzen Zeit das gesamte Geld mit Alkohol und Drogen und katapultierte mich regelmäßig in den Filmriss. Als ich eines Tages wieder am Busbahnhof stand, wollte ich Geld vom Konto abheben. Ich stellte durch einen Test fest, dass ich das Konto überziehen konnte. So ging ich hin und zog jeden Tag so viel Geld ab, wie ich nur konnte. Ich übertrieb es in dieser Zeit mit dem Konsum sehr und trank auch viel zu viel Alkohol. Mein Vater begann sich Sorgen zu machen.

An einem 22. Dezember ging ich nachmittags in die Stadt um meinen Horizont zu erweitern, und kaufte mir drei Blotter. Sogenannte »Pappen«, also quadratische Pappstücke, die LSD enthielten. Als Symbol waren Eiswaffeln aufgedruckt. Zu Hause teilte ich eines davon in vier gleich große Teile. Aufgrund meiner vorhergehenden Erfahrungswerte wollte ich es hier natürlich nicht übertreiben. Zumindest nicht sofort. So ging ich noch ein bisschen raus und kam erst spät am Abend zurück. Unten in der Wohnung, die ich nutzen durfte, gab es ein Wohnzimmer und eine Küche. Die Küche wurde von meinem Vater in eine Art Computer Arbeitsplatz umgewandelt. Im Wohnzimmer stand eine ältere aber gut erhaltene Sofagarnitur. Diese bestand aus einem Zwei- und einem Dreisitzer. Und einem normalen Sessel. Im Wohnzimmer stand auch eine kleine Musikanlage, mit welcher man CDs abspielen konnte. So nahm ich zwei der kleinen Stücke Pappe zu mir und spielte am PC ein Rennspiel. Nach ungefähr 30 Minuten fuhr ich ziemlich schnell und merkte, wie meine Hände ganz warm wurden. Ich beendete das Spiel und machte den PC aus. Von da an spürte ich deutlich, wie sich die Muskeln in meinem Kieferbereich anspannten und ich einfach anfing, mich tierisch zu freuen.

Also stand ich auf und nahm die anderen beiden Stückchen. Somit hatte ich ein komplettes Stück intus. Ich stand an der Musikanlage und schaute rüber zur Küche und sah von dort aus den halben Computertisch. Plötzlich sah ich, wie der Tisch nach links in den Raum verschwand. Ich traute meinen Augen nicht. So etwas hatte bis dato noch nicht erlebt. Da wusste ich, dass die »Dinger« anfangen zu wirken. Bei der Musikanlage legte ich eine »Happy Rave« CD ein. Die Musikanlage gab ihr Bestes und ich fing an zu tanzen. Nach ungefähr drei Stunden nahm ich noch eine Pappe. Mühelos tanzte ich voller Freude und ohne Sorgen, bis in die frühen Morgen hinein. Es war so gegen zehn Uhr, als ich mich danach sehnte, ein wenig ruhiger zu werden. Aber es ging nicht. Ich musste ständig Grinsen und hatte einen extremen Bewegungsdrang. So fasste ich den Plan, nach Amaus zu trampen, wo wir einst wohnten. Dort wohnte nun eine meiner Tanten mit Ihrem Freund. Die könnten mir eventuell helfen. Also trampte ich einfach los und kam aber erst recht spät an. Ich verlor das Gefühl für die Zeit. Was ich aber wusste, war: Es war Heiligabend. Nach einigen Stunden bei meiner Tante kam ich von Trip endlich runter. Ich hätte gerne bei denen übernachtet, aber das wollte man nicht. So rief ich meinen Vater an (der gar nicht wusste, dass ich dort war) und bat darum, dass er mich doch bitte abholt. Mein Vater war davon natürlich gar nicht angetan, holte ich aber dennoch ab. Ich entschuldigte mich für die Aktion und so feierten wir doch noch Heiligabend. Im neuen Jahr fühlte ich mich in der Sucht verloren. Krumme Gedanken gingen mir durch den Kopf. Eines Nachts nahm ich Vaters Autoschlüssel heimlich mit nach David und mit einem anderen Kollegen gingen wir zur Garage. Diese lag einige Wege weiter. Etwas von der Wohnung abgelegen. Um meinen Kollegen David etwas zu geben, was man wieder zu Geld machen konnte, gab ich ihm die Angeln von meinem Vater. Wir nahmen das Auto und der Kollege von David fuhr uns dann durch die Gegend. Währenddessen hörten wir Musik von den »Spice Girls«. Wieder so ein Moment, den ich nicht vergessen würde. Das Auto stellten wir später unbeschädigt wieder zurück.

Am nächsten Morgen klingelte Oma morgens bei David und fragte nach mir. Offenbar machte Sie sich Sorgen und war ein wenig erbost. Sie fragte, was wir getan hätten, und ich solle doch nach Hause kommen, um mich bei Papa zu entschuldigen. Ich habe gesagt, ich komme später zurück. Später ging ich zurück und kassierte natürlich extremen Ärger für mein Verhalten. Ich sagte meinem Vater, dass ich den Kollegen Geld geben musste, damit ich mich irgendwie rechtfertigen konnte. In diesen Phasen der Sucht log ich. Ich war bestimmt nicht nur das Opfer. Ich habe Menschen, die mich mochten und liebten in meiner »nassen Phase« verletzt. Es ist wie es ist. Hauptsache, ich konnte weiterhin irgendwie meinen Konsum finanzieren. Dann ein paar Tage später, sollten David und ich auf die Wohnung von dem Punk Torte aufpassen. Torte musste zur Polizei eine Aussage machen. Er hatte noch Gras in seiner Couch versteckt und ahnte, dass am gleichen Tag noch Jungs auftauchen könnten. Die wohl aufgrund seiner Dummheit wussten, dass bei ihm noch etwas versteckt war. Die wussten, dass er noch mehr hatte, weil die vorher Gras bei ihm kauften. Und dann wurde es Nachmittag und die netten Kollegen tauchten auf. Ich hatte zu dieser Zeit schon ein paar Bier auf und stellte mich vor die Haustür: »Braucht hier gar nicht erst rumgeiern. Könnt direkt wieder abdrehen!«. Da fragte mich einer von denen. »Wat willst Du denn, du halbes Hemd?«. Das provozierte mich natürlich, die Wut aus der Schulzeit kam hoch. Und in diesem Viertel ließ man sich nichts sagen. Ich ging direkt auf ihn los und wollte ihn beeindrucken. Da ging er ein Stück zur Seite und ich wunderte mich noch, als ich auf einmal zu Boden stürzte.

Ein anderer Kollege war von hinten heimlich auf das Garagendach geklettert und sprang mir in den Rücken. Ich lag auf den Boden und kassierte mehrere Fußtritte gegen Gesicht und Körper. David blieb in der Wohnung am Fenster. Die Kollegen hauten schließlich ab und ich raffte mich auf. Ich ging in die Wohnung zurück und versorgte meine Wehwehchen. Bei der Aktion verlor ich einen Backenzahn. Dennoch haben wir Wort gehalten und ließen keinen in die Wohnung. Ich beruhigte mich und trank weiter Bier. Draußen stand übrigens noch ein geklautes Auto von dem rumänischen Kollegen. Eigentlich sollte Torte auf das Auto aufpassen. Später wurde uns langweilig. Torte kam auch überhaupt nicht wieder. Wir versteckten das Gras gut und tranken noch etwas. David und ich schauten schon öfter auf den Autoschlüssel und dann sahen wir uns fragend an. So beschlossen wir, uns das Auto zu schnappen, und er fuhr mit uns los. Ich durfte auf den Parkplatz auch ein paar Versuche machen, aber ich konnte noch kein Auto fahren, so fuhr er einfach weiter. Da ging plötzlich das Licht aus.

Ich wurde wach und fühlte starke Schmerzen im linken Arm. Ich schrie los. Man versuchte, mich zu beruhigen: »Sie hatten einen Autounfall und werden jetzt gleich operiert«. Ich fragte: »Wo ist mein Kollege David?«. »Der wird schon operiert. Das wird schon wieder«. Meine Augen fielen wieder zu. Als ich wach wurde, sagte man mir, wir seien mit knapp 100 km/h auf einer Allee in einem Baum geknallt. Wir hatten beide sehr viel Glück, dass wir das überlebten. Ich hatte eine linke Oberarmfraktur (Splitterbruch) und eine Gehirnerschütterung. Man schob mir eine Schiene in den linken Oberarm und verschraubte das Element mit zwei Schrauben oben im Gelenk. David hatte einen Kieferbruch, einen Bruch im linken Bein und ebenfalls eine Gehirnerschütterung. Nach einer Woche durfte ich wieder nach Hause. Eine weitere Woche später war David auch wieder zuhause und saß wieder auf seiner heiß geliebten Couch. Bein in Gips und ein seltsames Geschirr um den Kiefer. Immerhin konnte er sprechen, dreckig grinsen und selbstständig essen.

David war immer für Überraschungen gut. So zeigte er mir eine große Salatschüssel voller magischer Pilze, sogenannte »Magic Mushrooms«. Da begannen meine Augen an zu leuchten. Er griff einfach in die Schüssel, gab mir die Handvoll und sagte: »Hier! Friss!«. Wir hörten gute House Musik und er lud noch ein paar Leute zu sich ein. Die Wirkung der Pilze ließ nicht lange auf sich warten. Ich sah viele Farben einfach mitten im Raum sowie auch fliegende Wolken. Gegenstände verzerrten sich und das eigene Ich sprach zu mir. Plötzlich klingelte es. Und er bat mich, die Mädels rein zulassen. Ich war verstört. Warum kamen nun Mädels? Darauf war ich nicht eingestellt und wurde unruhig. David wohnte in der ersten Etage. Ich ging ziemlich irritiert zur Tür und drückte auf Knopf für den Türöffner. Also die Mechanik, mit der man aus der Ferne eine Tür unten öffnen konnte. Ich stand noch oben und schaute die Treppe runter. Die Mädels waren für mich in diesem Moment so unglaublich hübsch, dass ich es nicht glauben konnte. Waren Sie wirklich so hübsch oder bildete ich es mir ein? Ich ging zügig und irritiert zurück in das Zimmer. David bemerkte meine Nervosität und meinte einfach: »Setz Dich hin, Junge! Entspann Dich!«. Die Mädels kamen rein und ich wurde sehr, sehr nervös. Ich hatte an diesem Tag auch noch nicht wirklich viel gegessen. Nun machte mir mein Kreislauf einen Strich durch die Rechnung. Ich spürte, wie meine Füße anfingen zu kribbeln. Von damals wusste ich: Das ist echt kein gutes

Zeichen. Das Kribbeln ging nun auch in meinen Händen los und ich wurde ohne andere Vorzeichen ohnmächtig. Als ich wieder wach wurde, lag ich auf den Boden und die Anwesenden sorgten sich um mich. »Komm hoch, alles gut!« hieß es und »Hier ein Glas Wasser«. So fand ich mich wieder, wie wir in der Runde saßen, ich dabei mit meinem Glas Wasser. Frühstück ist wichtig.

17. Kapitel - den großen Max markieren

Wieder zuhause in der Wohnung bei Papa und Oma. Irgendwann häuften sich die vielen Briefe von den Versicherungen und mein Vater befragte mich dazu. Ich öffnete mich und erzählte, was es damit auf sich hatte. Er half mir dann, die ganzen Autos wieder abzumelden. Fuhr mit mir also die ganzen Versicherungen ab und wir konnten die meisten Verträge auflösen. Die Versicherungen gaben sich größtenteils gütig und verstanden den Zusammenhang mit der Sucht. Als Voraussetzung forderte man allerdings, dass ich zur Polizei ging und mich selbst anzeigte. Und das machte ich dann auch. Denn die vielen, vielen Rechnungen die da ins Haus flatterten, waren nicht wenige. Die Fahrzeuge wurden dazu genutzt, Straftaten zu begehen oder um diverse Besorgungen zu machen. Ich wusste aber auch, dass wenn ich die Aussage bei der Polizei mache, die Kollegen nicht mehr zu meinem Freundeskreis gehören würden. Sondern sich viel lieber mit mir »einen Ausflug in den Wald wünschten.«. Ich musste ja ständig maßlos übertreiben. Es wunderte mich nicht mehr, dass mein Papa nach der folgenden Aktion, keine Motivation mehr entwickeln konnte, mein Fehlverhalten weiter zu unterstützen.

Ich ging Tage später wieder zum Busbahnhof und betrank mich. Später am Nachmittag tauchte am Bahnhof ein Ex Knacki auf, der meinte, er müsste da »den großen Max«

markieren. Zu der Zeit war mir sehr viel, sehr scheißegal. Auf jeden Fall hatte ich später erneut einen Filmriss und legte mich mit dem Typen an. Die Polizei nahm mich in Gewahrsam und ich wurde erst morgens wieder wach. Dann gab mir der Polizist noch den freundlichen Hinweis, dass mein Vater mir noch Ersatzklamotten brachte. Weil die anderen Klamotten waren nicht mehr zu gebrauchen. Im Filmriss verlor ich völlig die Kontrolle über Geist und Körper. Dann sagte mir ein Polizist aber weiter: »Bei deinem Vater sollst Du übrigens nicht mehr auftauchen. Der möchte Dich nicht mehr sehen«. Konnte ich verstehen. Also zog ich an, was ich anziehen konnte, und spazierte wieder zum Busbahnhof. Dort angekommen, erzählte mir einer der Obdachlosen, was ich verbrochen hatte. Der Typ, mit dem ich mich im Filmriss angelegt hatte, war wohl mehrere Jahre im Gefängnis. Weil er jemanden in seiner Wohnung mit einem Messer niedergestochen hatte. Die Person überlebte das gerade so eben. Das bedeutet aber auch, dass ich jede Menge Glück gehabt haben muss. Man sollte mir ausrichten, dass ich mich am Bahnhof ja nicht mehr sehen lassen sollte. Der Typ wäre richtig sauer auf mich. Also suchte ich das weite.

Nachdem der optionale Treffpunkt Busbahnhof für mich tabu wurde, ging ich nach David. Da kam dann noch ein weiterer Kollege zu Besuch und wir überlegten gemeinsam, wie wir uns wohl wieder abdichten könnten. Da meinte der Freund, wir könnten ja mit zu ihm nach Hause kommen.

Seine Eltern wären weg und wir könnten vom Vater ein »wenig« von seinem selbstgebrannten Schnaps trinken. Der gute Freund wohnte in einem Hochhaus ungefähr in der fünften oder sechsten Etage. Es gab aber zum Glück einen Aufzug. Gesagt, getan. Wir saßen im Wohnzimmer. Der Kollege spazierte durch die Wohnung und kam wieder mit einer weißen Plastikgallone. Für jeden von uns ein Glas. Er füllte mein Glas auf etwas mehr als die Hälfte. Ich roch dran und die wohl treffendste Note wäre: Brennspiritus. Der gute Stoff sollte über 70 % Alkohol enthalten. Ich zog mir das Zeug in zwei großen Schlucken einfach runter. Und das, obwohl es richtig mies schmeckte. Der Kollege gab mir erneut ein halbes Glas, was ich ebenfalls zügig leerte.

Ich spürte noch kurz, wie die Wärme von den Beinen hoch bis in meinen Kopf zog und dann wurde es dunkel. Mein Kopf fühlte sich sehr, sehr schwer an. Gefühlt wie kurz vorm Platzen. Dann merkte ich, dass ich mich im Krankenhaus befand. Links neben mir, eine ganze Reihe von Geräten, die verschiedene Sachen anzeigten. Meine Güte war mir schlecht. Kaum war ich wach, kam ein Pfleger mit einer Schüssel in das Aquarium hineingelaufen: »Hier. Wasch dich mal, Du siehst scheiße aus.« Legte noch einen Waschlappen und ein Handtuch dazu und ging wieder. Ich war nur bekleidet mit einem dünnen Tuch um meinen Körper. Unten neben dem Bett eine Tüte, mit meinen Klamotten. Dazu ein paar leere Weinflaschen. Irgendetwas wirklich Mieses musste passiert sein. Der Arzt erzählte mir später, dass ich auch eine Kopfverletzung hätte, die ich vorher nicht spürte. Dann fühlte ich am Hinterkopf die Beule.

Es gab einen Notruf: Eine bewusstlose Person befand sich im Aufzug eines Hochhauses. Im Keller. Als die Ersthelfer da waren, fand man mich bewusstlos und nackt. Man hat mich splitterfasernackt aus dem Aufzug rausgeholt und in den Krankenwagen gepackt, damit ich mich behandeln lassen konnte. Mir war so dermaßen schlecht, dass ich mich auch erst am zweiten Tag wieder halbwegs normal fühlte. Ich hatte eine schwere Alkoholvergiftung. Dazu kam, dass ich einen Bluterguss zwischen Gehirn und Schädeldecke hatte. Da bekam ich Panik und Angst um mein Leben. Um zu prüfen, ob der Bluterguss zurückgeht, wurde ich nach Bochum gefahren. Dort durchleuchtete man meinen Kopf. Zum Glück war der Bluterguss zurückgegangen. Ich wollte nur noch weg. So rief ich Mama an und fragte, ob ich wieder bei denen wohnen könnte. Zumindest bis ich wieder eine Arbeit und eine Wohnung hätte. Zum Glück holten die beiden mich am Entlassungstag ab und fuhren mit mir zurück zu der Wohnung nach Amaus.

18. Kapitel - Magic Mushrooms

Nachdem Mama und der Stiefvater mich aus Brokolt holten, war ich heilfroh, endlich wieder ein wenig Ruhe zu bekommen. Mein Plan war, mich vom Konsumpegel wenigstens ein bisschen herunterzufahren. Oder einfach bei null starten. Am zweiten Tag besuchte ich meine Tante und Ihren Freund. Ich kam mit denen immer gut aus. Einen Tag später trampte ich schon wieder nach Schöningen. Ich holte mir einige Bierdosen, packte diese in einer Tragetasche und ging in den Park zum Steintisch. Dort war aber keiner. Ich ging weiter zur Schule, die direkt an den Park grenzte. Tatsächlich traf ich dort auf zwei gute Kollegen. Beide saßen ziemlich stoned da und sahen mich völlig entgeistert an. Ich kam schließlich nach einer sehr langen Zeit einfach um die Ecke und meinte: »Moin!«. Der eine Kollege: »Wo kommt er denn her?«, fragte einer zum anderen. »Ich komm jetzt wieder öfters«, sagte ich und begann, mein Bier zu trinken. Es blieb natürlich nicht bei der einen Dose. Später kam Luke dazu und er freute sich, dass ich wieder »am Start« war.

Später, wieder in der Wohnung bei Mama, war zunächst alles okay. Dachte ich. Ich bemerkte aber, dass die Atmosphäre irgendwie komisch war. Tatsächlich kam die Frage vom Stiefvater: »Wie sieht´s denn aus mit Kostgeld? Weil umsonst kannst Du hier nicht wohnen«. Da bekam ich einen richtig, richtig dicken Kloß im Hals. Ich fragte:

»Echt? Geht es Euch immer nur ums Geld? Ich bin gerade hier und zack, soll ich wieder Geld bezahlen? Ich hab doch noch nicht mal einen Job!«. Ich kannte mittlerweile genug Menschen, die auch einfach mal teilten, statt nur zu nehmen. Oder nur auf Geld fixiert waren. Ich wurde wütend, packte meine Tasche und ging einfach raus. Mama rief vom Balkon oben noch etwas herunter, was ich aber nicht verstand und auch nicht verstehen wollte. Ich trat draußen noch einen Stapel Gelbe Säcke um und fluchte vor mir her. Ich ging zu meiner Tante und Ihrem Freund. Da konnte ich fast jederzeit hinkommen, denn beide kannten die Familienproblematik. Dort angekommen, erzählte ich, was geschah und sagte, dass ich nicht weiß, was ich machen sollte.

Dann erzählte mir der Freund, dass die beiden bald umziehen würden. Und ich die Wohnung als Nachmieter haben könnte. Somit bräuchte ich nur noch einen Job und »der Drops wäre gelutscht«. Einige Wochen später saß ich in dieser kleinen Dachgeschossbude. Der Onkel vermittelte mir obendrauf einen Job über eine Zeitarbeitsfirma. Der Autounfall war zu diesem Zeitpunkt ungefähr ein Jahr her. Ich arbeitete zunächst in einer Firma, welche Zangen herstellt. Dazu hatte ich weder Talent noch die Fertigkeit. Regelmäßig hatte ich Metallsplitter in den Fingern. Der nachfolgende Arbeitseinsatz war da schon angenehmer. Ich arbeitete in einer niederländischen Firma und montierte dort Leisten an Holzplatten. Die Firma stellte

Holzelemente her. Elemente in Form von Platten, mit welchen man recht einfach, Räumlichkeiten trennen oder aufteilen konnte. Eine Woche später konnte ich in einen anderen Bereich arbeiten. Nun sollte ich Holzplatten in eine Maschine einführen. Nachdem ich einigen Platten, zusammen mit einem anderen Mitarbeiter in die Maschine eingeführt hatte, knackte es in meiner linken Schulter. Ich fühlte an der linken Seite, dass die Schrauben sich gelockert hatten.

Es tat weh und ich informierte den Vorarbeiter. Nach dem Feierabend bekam ich die Anweisung, meine Schulter vom Hausarzt kontrollieren zu lassen. Der Hausarzt gab mir eine Überweisung ins Krankenhaus, wo die Schiene dann operativ entfernt würde. So packte ich zu Hause eine Tasche zusammen und begab mich ins Krankenhaus. Der Suchtdruck machte mich aber auch wieder ziemlich zu schaffen. Auch zu dieser Zeit mit Job und Arbeit war es für mich leider »normal«, nach der Arbeit zu trinken. Am zweiten Tag im Krankenhaus wurden mir dann in einer Operation unter Vollnarkose, die Schiene und die Schrauben entfernt. Ich war auf einem Vierbettzimmer mit drei Patienten. Ein Bett war noch unbesetzt. Am dritten Tag wurde witzigerweise ein Bekannter mein neuer Spannmann. Irgendwelche Schmerzen. Keine Ahnung, was er genau hatte.

So langweilig der Tag begann, wollte ich diesen nicht enden lassen. Ich zog mich an, als würde ich draußen eine

Runde spazieren gehen und ging runter. Unten stieg ich einfach in ein Taxi und fuhr »eben nach Holland«. Ging in Enschede in einen Shop, kaufte »magische Pilze« und ließ mich zurückfahren. Ja, die Taxikosten waren teurer als die Pilze. Aber ich hatte zumindest etwas, was ich mir reinziehen konnte. Als ich im Zimmer ankam, ging ich auf die Toilette und packte dem Kollegen eine Portion ab. Dann kam ich wieder raus und übergab ihm seine Portion bei einer Raucherpause auf dem Balkon. Nach dem Mittagsessen vereinbarten wir die Einnahme der Pilze nach dem Abendbrot. Es könnte sein, dass ich aufgrund des Geschmacks auch heute noch sehr gerne Pilze esse. Wir hatten kaum das Abendbrot hinter uns gebracht, aßen er und ich so einige Pilze. Und dann bin ich aber einfach eingeschlafen. Als ich wach wurde, sah ich wie sich mein Bettnachbar zur Musik aus dem Fernseher rythmisch bewegt.

Als würde er tanzen. Er sah grinsend zu mir herüber und bemerkte, dass ich alles viel farbiger wahrnahm, als es in der Realität üblich wäre. Einer der Mitpatienten sah ein wenig besorgt herüber. Er wusste nicht so richtig, was er mit der Situation anfangen sollte. Ich war auch fröhlich und glücklich über diesen Moment und ich ging mit dem Kollegen raus auf die Terrasse. Wir rauchten ganz normale Zigaretten und es kam und echt vor wie im Urlaub. Wir sahen in der Ferne den Sonnenuntergang und es fühlte sich einfach sorglos gut an. Keine Schmerzen im Arm. Der

Kollege hatte auch keine Schmerzen mehr und meinte später im Zimmer: »So! Ich hab jetzt keine Schmerzen mehr. Ich hau jetzt ab!«. Da sagte ich: »Kein Problem, man sieht sich«. Der Kollege haute tatsächlich ab. Als der Kollege weg war, lag ich im Bett und machte mir Gedanken. Das hätte ich nicht tun sollen. Ich hatte von meinen Geschwistern ein Foto auf dem Schrank stehen und starrte drauf. Da wurde mir, inmitten eines Trips auf Pilzen bewusst, was ich alles schon falsch gemacht hatte.

Ich bekam einen fürchterlich traurigen Film und fing an zu weinen. Ich hatte keine Ahnung, wie ich diesen gefühlsmäßigen Twist bezeichnen könnte aber: Pilze zeigen einem, wie es tief in einem aussieht. Ich murmelte in meinem traurigen Zustand, das ich meine Geschwister vermisste und das ich schon ganz viel verkehrt gemacht hätte und so weiter. Also dieser miese Film zog sich wirklich lange hin. Ich heulte bestimmt zwei Stunden ohne Ende. Ein Bettnachbar von gegenüber konnte es nicht aushalten und tröstete mich. Ich entschuldigte mich später für mein Verhalten. Ich war einfach froh, dass keiner eine der Schwestern hinzu rief. Vermutlich hätte man mich dann eingewiesen. Irgendwann später schlief ich endlich ein. Der nächste Morgen: Als ich wach wurde, hatte ich einen Riesenschädel und fühlte mich völlig ausgebrannt. Der Akt der Traurigkeit forderte seinen Tribut. Noch bevor die Visite begann, ging ich auf die Toilette und wusch mir mit kühlem Wasser mehrfach das Gesicht. Das tat gut. Als ich von er Toilette rauskam, bedankte ich mich noch mal bei dem Bettkollegen. An diesem Tag blieb ich einfach entspannt und rehabilitierte mich selbst. Zwei Tage später wurde ich endlich entlassen.

Eine Woche später. Ich stand grad am Herd und meine Essen brutzelte in der Pfanne, als es an der Haustür klingelte. Ich schaffte es nicht, der Firma einen gelben Schein zu überbringen. Dies war nun die Quittung. Ich öffnete und sah in das Gesicht vom Chef der Zeitarbeitsfirma. Er begann einen Monolog über meinen bisherigen Verlauf in der Firma, als er plötzlich anmerkte »Ihr Essen brennt.«. Ich war gedanklich aber och bei seiner Story und überhörte das. Er »Ihr Essen brennt!!« Ich »Oh scheiße«, da qualmte es tatsächlich schon sehr über dem Herd. Angebrannt. So wie »mein Arbeitsverhältnis«. Als ich wieder zur Tür ging, merkte er an, dass ich nicht länger bei der Zeitarbeitsfirma beschäftigt sei. Das war es. Ehrlich: Ich war es doch selbst schuld. Aber im Leichtsinn der Sucht war es einfach egal. Ich war es schon gewohnt draußen zu pennen. Mich konnte so was nicht mehr schocken. Dachte ich. In Wahrheit sprach hier das Suchtmännchen aus meinem Kopf. Hauptsache saufen! Scheißegal.

So meldete ich mich unter irgendeinem Vorwand abermals arbeitslos und verbrachte meine Zeit wieder mit dem, was ich am besten konnte: »Cypress Hill« hören und saufen. Als ich eines Tages im Park saß, kam ein Typ vorbei, der meinte, wir könnten eben Geld machen und dann was konsumieren. Ich trampte mit ihm nach Bronau. Dort holte er von irgendeinem anderen Kollegen ein Autoradio. Damit gingen wir zu einer herunter gekommenen Unterkunft, die er sich mit einen anderen teilte. Wir schauten türkisches Fernsehen aber ich konnte den Inhalt nur erahnen. Er teilte mit mir sein Essen. Es gab Paprika, Tomaten, scharfe Peperoni und Brot. Später trampten wir zurück nach Amaus und dort zu einem Dealer. Er ging alleine rein und tauschte das Radio »Braunes« also gestrecktes Heroin. Damit gingen wir dann zu meiner Dachgeschossbude. Hier rauchten wir dann das Zeug von einem Alublech. Diesen Geruch vergisst man niemals. Direkt nach dem Inhalieren kam der Turn. Ich spürte, wie sich der Puls verlangsamte und mir warm wurde. Das Abtrocknen der Gläser wurde langsam und geschah nur noch in Zeitlupe. Das Heimtückische an der Droge ist, dass sie sich so gut anfühlt. Wie eine wärmende Decke, die man einem umlegt. Man hat keinerlei Schmerzen mehr. Wir tranken tiefenentspannt Tee und rauchten das Zeug weg. Später verabschiedete sich der Kollege und ging.

19. Kapitel - Hart drauf

Ich ging so ziemlich jeden Tag zum Supermarkt, holte mir Bier, setzte mich an der Bushaltestelle auf einen der Sitze und trank. Damals hatte diese Bushaltestelle orange Sitze. Und ich trank ein Bier nach dem anderen. Eines Morgens wachte ich zu Hause auf und hatte einen großen Kater. Ich wusste nicht, wie ich es nach Hause geschafft hatte. Auf der Theke der Küche lagen eingepackte Wurstpakete. Aber solche, die groß waren, wie Sie eigentlich hinter der Fleischtheke als Stücke lagen. Ich glaubte, diese gemopst zu haben. Aber wie sollte ich diese unbemerkt rausbekommen? Also ging ich vorsichtig zum K+K und überlegte, wie ich es herausfinden könnte. Ich ging rein und kaufte mir einfach eine Dose Bier. Was auch sonst. Aber es passierte nichts. Also hatte ich nichts zu befürchten. Ein anderer Tag an der Bushaltestelle: Ich stand dort schon ziemlich betrunken rum und sprach mit mir selbst, als ein Mädel zu mir kam und sagte: »Was machst Du jeden Tag hier? Du siehst nicht wie ein Obdachloser aus.« Ich sagte: »Ich bin nicht obdachlos, ich bin nur lieber draußen, wie drin«. Da meinte Sie: »Aber so viel Bier trinken, ist doch auch nicht gesund, oder? Soll ich Dich nach Hause bringen? Warte, ich hole ein paar Freundinnen von mir.« »Okay«, sagte ich. Und dann trank ich weiter Bier. Tatsächlich ging Sie kurz weg und kam ca. 20 Minuten später mit vier weiteren Mädels zurück. Und Sie fingen an, mich zu befragen: »Hi, wo wohnst Du?« und »Kannst Du uns zeigen, wo Du wohnst«. Das Gerede zwischen Ihnen ging los und ich sagte, auch um es abzukürzen: »Okay, okay wir gehen jetzt einfach zu meiner Bude«.

Da war ich aber schon nicht mehr ganz so fit und so stützten Sie mich teilweise beim Laufen ein wenig. Die kleine Butze befand sich ja auch nicht sehr weit entfernt. Dort angekommen, setze ich mich auf meiner Schlafcouch im spärlich eingerichteten Raum. Die Mädels setzten sich notdürftig auf den Boden. Ich hatte nur die kleine Küche mit einer ebenso kleinen Theke. Daneben ein kleiner Fernseher auf einem kleinen Tisch. Da redeten Sie drauf los. Wie die Exorzistinnen, die versuchten, den Teufel »Alkoholsucht« aus meiner Seele zu verbannen. Irgendwann sagte ich: »Sorry aber ich bin einfach nur noch müde«. Und zog mir mein Pullover aus. Dann wurde ich aber müde und schlief ein. Als ich aufwachte, sah ich mich um. Da waren über zwanzig gelbe Notizzettel beschriftet und durch die Wohnung verstreut verklebt. »Bleib trocken!«, »Wir glauben an Dich«, »Trinke nicht!« und ähnliche Appelle wurden niedergeschrieben. Was soll ich mit solchen Zetteln anfangen, fragte ich mich. Und ging wieder zum K+K und holte zwei Dosen Bier zum Wachwerden. Die Mädels sah ich übrigens nicht mehr wieder. Schade. Vielleicht sah ich im Suff nur die, die sehen wollte.

20. Kapitel - Erster Therapieversuch

Diese Phase, lieber draußen zu sein, war merkwürdig. Ich bemerkte, dass ich der Sucht völlig ausgeliefert war. Den Job war ich los. Die Perspektive wurde düster und ich befand mich wieder sehr tief in meiner Opferrolle. Dann gab es diesen Tag, wo ich wieder extrem besoffen am Supermarkt unterwegs war und »Cypress Hill« hörte. Da kam ein Mann auf mich zu, den ich schön öfter gesehen hatte. Er sagte: »Du gehörst nicht hierher. Du hast ein gepflegtes Auftreten und ich weiß, das Du mit dem Alkohol innerlich kämpfst. Was wäre, wenn ich Dir zeigen würde, wie Du da raus kommen könntest?«. Da sagte ich: »Ich habe gerade ein anderes Problem. Ich hab mich von zuhause ausgesperrt und meine Schlüssel verloren«. Da meinte er: »Das ist kein Problem. Glaube mir. Wenn Du sagst, ich habe darauf keine Lust mehr, dann komm mit.« Das Angebot nahm ich spontan einfach mal an und ging mit. Der Mann wohnte nicht weit entfernt in der Stadt, zusammen mit seiner Frau. Er erklärte mir, wie es funktionierte, dass Leute »sauber« wurden. Zunächst käme man in das Krankenhaus, als Vorstufe zur richtigen Entgiftung in einer Klinik. Von dort aus könne man dann überwiesen werden und eine Therapie machen. Der Mann bot auch an, meine Anziehsachen aus der Wohnung zu holen, damit ich nicht extra noch mal nach Hause müsste, sondern direkt in das Krankenhaus gehen könnte. So fand ich mich am Nachmittag im Krankenhaus wieder.

Der Mann holte wirklich die Sachen aus meiner Dachgeschossbude. Dazu trat er übrigens die Tür ein, was ich sehr cool fand. Ich hatte endlich das Gefühl, dass es Menschen gibt, die sich wirklich um mich sorgten und mir das Gefühl gaben, das ich etwas wert sei. Im Krankenhaus war ich eine Woche und man vermittelte mir einen Entgiftungsplatz in einer Klinik in Munster. Als meine Mama davon erfuhr, fuhr sie mich sogar dorthin. Auf dem Weg zum richtigen Gebäude sah ich ein anderes Haus der Klinik, daran befand sich eine Art Gehege. Doch in diesem Gehege waren keine Tiere, sondern Menschen mit offensichtlich geistigen Einschränkungen. Es sah für mich aus wie eine Art Ausgang. Eine kleine Gruppe von Menschen lief darin umher, scheinbar ohne erkennbare Ziele. Einer dieser Menschen schaute mich an. Dieser Blick war sehr, sehr leer und doch fragend. Im wahrsten Sinne des Wortes traumatisierend. Im richtigen Gebäude der Entgiftung »Leuchtturm« angekommen, kam eine Gruppe von Patienten von einem Spaziergang zurück. Ich verabschiedete mich von Mama. Ein Mädel fragte etwas neckisch: »Was willst Du denn hier?«. Ich sagte: »Entgiften«. Daraufhin kam dann die Antwort: »Entgiften? Hier kommst Du erst mal richtig drauf!«. Die Antwort ließ ich so stehen. Diese Antwort konnte ich aufgrund mangelnder Erfahrung nicht einordnen. Ich sah zum ersten

Mal eine Entgiftungsklinik von innen. Ich hatte nicht damit gerechnet, Menschen aus so verschiedenen Schichten kennenzulernen. Was fiel mir auf? Es gab hier wirklich hübsche Frauen, denen man den Konsum von harten Drogen nicht ansah. Was man hier schnell spürte: Hier waren alle gleich. Alle hatten einen negativ angehauchten Lebenslauf hinter sich und versuchten hier, auszusteigen.

Manche bekamen Medikamente, andere nicht. Ich bekam vorsorglich ein Medikament, um Entzugserscheinungen vorzubeugen. Mit Entzugserscheinungen machte ich bereits Bekanntschaft. Wenn ich am Tag zuvor extrem viel Alkohol trank und morgens wach wurde, zitterte mein Körper heftig. Es war, als würde sich die rechte Magenhälfte zusammenziehen. Das zog sich richtig zusammen. Meist entspannte sich der Körper erst nach zwei Dosen Bier. Und bei Bierdosen holte ich mir wenn, generell halbe Literdosen. Nun zurück zum Werdegang. Ich bekam hier die Chance auf eine Therapie in einer Fachklinik. Die Chance nahm ich an und es dauerte nicht lang, da holte mich ein Zivi ab und fuhr mich dort hin. Nach einer ärztlichen Erstuntersuchung ging es los mit dem Mittagessen, bei dem ich namentlich vorgestellt wurde. So wussten alle sofort meinen Namen und wie ich aussah. Danach nahm mich einer der Klienten unter seine Fittiche und zeigte mir das Gebäude, welches aus mehreren Wohneinheiten bestand. Danach bezog ich ein

Zweibettzimmer und es ging weiter mit der Belehrung zu den Haus- und Therapieregeln.

Das Therapiekonzept war streng, aber fair. Das tägliche Programm minutengenau aber strukturiert. In der Gesprächsrunde, welche jeden Morgen stattfand, wurden die Zustände abgefragt und aktuelle Themen direkt angesprochen. Hier konnte sich keiner der Klienten verstecken. Man durfte sich nicht an der Wand anlehnen. Die anderen Mitklienten waren alle extreme Menschen. Interessant, wie Menschen verschiedener Kulturen hier miteinander auskommen mussten. Alle waren so unterschiedlich. Hier lernte ich auch das türkische Spiel »Okey« kennen. So sich ähnlich wie »Rummikub«. Es gab hin und wieder auch viel Konfliktpotenzial. Hier zeigte sich nach einiger von jedem das wahre Gesicht. Die Therapeuten konnten scheinbar coole Personen schnell durchschauen. Oft war die kriminelle Energie noch sehr tief verankert. Die Klienten waren auch regelrecht süchtig danach, sich gegenseitig ständig austricksen. Je schlauer der Trick, umso mehr Beachtung gab es. Und es gab die klassischen Regelverstöße. Es dauerte ein paar Wochen, da ertappte man auch mich. Der Verstoß: heimlich mit einem anderen Klienten hinten im Garten geraucht. In dieser Einrichtung war dies ein schwerer Regelverstoß, welcher die sofortige Entlassung aus der Therapie zur Folge hatte. Ich musste direkt meine Sachen packen und gehen. Mit der Bahn fuhr ich nach Portmund. Dort war ich etwas eine

Woche lang unterwegs. Die Temperaturen waren relativ kühl, aber noch gerade so eben auszuhalten. Wieder hörte ich über meinen Walkman Musik von »Cypress Hill«. Ich besorgte mir Hasch, weil es auch von der Wirkung aber auch vom Geschmack immer bevorzugte. Offizielle Schlafplätze für Obdachlose waren für mich nie eine Option, weil die Leute sich dort meist gegenseitig beklauten. Stattdessen schlief ich lieber in Sparkassen neben einen Kontoauszugsdrucker oder Ecken einer Tiefgarage. Oft suchte ich auch einfach nach einem Sinn und glaubte an Karma. Und wollte keinen meiner Verwandten oder Bekannten auf den Sack gehen. Stattdessen »studierte« ich die Menschen in der freien Wildbahn. Nach etwas über einer Woche war ich einfach durch und trampte zurück nach Amaus.

So fand ich mich am K+K wieder. Mit einer Tasche voll Klamotten. Keine Wohnung mehr und keine Arbeit. Es begann eine lange, lange Zeit. Ich trampte oft wieder nach Luke oder Keith. Ich hing phasenweise sehr oft im Park von Schöningen ab. Fast ein Jahr lang war ich jeden Tag in Amaus am K+K. An wärmeren Tagen wusch ich meine Wäsche bei meiner Tante und hang die noch feuchte Wäsche an der Bushaltestelle zum Trocknen auf. Ganz stumpf. Das war für einige Menschen sicher sehr seltsam. Doch auch ich musste meine Wäsche ja irgendwie trocken bekommen. Da gab es manchmal keine Alternative. Manchmal schlief ich einfach im Sitzen an der

Bushaltestelle. Wurde wach und sah, dass man auf dem Sitz neben mir ein paar Zigaretten hingelegt hatte. Oder ein bisschen Kleingeld. Morgens gab es Schulkinder, die mir einfach Ihr Essen in die Hand drückten. Ich sah das, was andere nur aus den Medien kannten. Um Geld für Bier zu bekommen, klaute ich Zigaretten und verkaufte diese vor dem Supermarkt. Um anschließend wieder reinzugehen und Bier zu kaufen. Und das Ganze mehrmals am Tag. Ich sah die andere Seite des Systems. Menschen, die jeden Tag zur Arbeit fuhren oder gingen. Ich fand es auch rebellisch, das System einfach mal zu missbrauchen. Denn es half mir in diesen Phasen auch nicht. Na ja, nicht immer. Wenn man keine Wohnung hatte, bekam man auch keine Arbeit. Für die, die immer eine Wohnung hatten, war es leicht, nur zu meckern. Sommertags lag ich am Friedhof, wo man wirklich von niemand gestört wurde, auf der grünen Wiese. Es gab zwischendurch auch Phasen, wo ich es schaffte, vormittags nicht zu trinken. Oder auch mal den ganzen Tag nicht. Aber um mich hin und wieder selbst zu entgiften, tat ich das. Manchmal ging ich zu verschiedene Pastoren und bat um eine Spende. In Form von Nahrung oder Geld. Diese Hilfsbereitschaft kannte ich eine lange Zeit nicht. Oft, wenn ich mich auf mich selbst konzentrieren wollte, entzog mich selbst von der Bildfläche und hielt mich etwas abseits von den Menschen auf. Dort wo am keiner auftaucht. Suchte nach besseren Schlafplätzen, einfach um nicht immer so lange Strecken gehen zu müssen.

Prozessoptimierung auf der Platte. Das war mit einem schweren Seesack nicht immer leicht. Daher halte ich heute meinen Kopf meist etwas schief.

21. Kapitel - Trampen

Wenn ich eine neue Hose brauchte, »besorgte« ich mir eine vom Ständer vor einem Geschäft. Dadurch sparte ich mir den Krampf, es wieder heraus zu schaffen. Ich hörte fast täglich »Cypress Hill« in dem unglaublich energieeffizienten Walkman von Luke. Das Ding brauchte wirklich nur eine einzige Batterie und die hielt gefühlt ewig. Einmal war ich über meine Situation am K+K so unglaublich sauer, dass ich zu später Stunde eine halb volle Bierdose, in einem hohen Bogen Richtung Park warf. Jeden Tag die gleiche Situation. Ich wurde wach, ging zum K+K, guckte mir die Menschen an, trank dabei Bier, rauchte mir Zigaretten. Ab und zu rauchte ich auch einfach einen Joint. Wenn ich Gras oder Hasch hatte. Einfach so. Mitten am Tag. Es kümmerte niemanden. Am alten Bahnhof gab es auf der linken Seite ein leer stehendes Haus. Dort kifften Luke und ich so einige Male heimlich. Ganz oben gab es noch einen Dachboden, welcher aber voller Gerümpel war. Hier machte ich mir einen Pfad nach ganz hinten. Hinten gab es noch eine kleine Erhöhung und einen weiteren Bereich, der trocken war. Kumpel Johannes, den ich noch aus BOZ Zeiten kannte, gab mir Decken und half mir, hier eine relativ gute Schlafstelle zu errichten.

 Hier schlief ich fast jede Nacht und das über ein Jahr lang. Ich hatte eine Matratze und einen alten Schrank, den wir zu einem Regal umfunktioniert hinlegten. Da machten wir dann Stoff vor. So das ich eine Art Vorratsregal hatte. Das einzige Manko war der Lärm Jugendlichen, die unten im Jugendklub Ihre Partys feierten. Aber das war nur das kleinste Übel. Zwischendurch musste ich an einen Tag für die Musterung zu einer Bundeswehrstelle. Nur so als Randnotiz.

An einem sonnigen Tag am Wochenende trampten Luke und ich nach Munster. Wir wollten ein paar Mädels aufreißen. Da gab es dann auch zwei, die wir ansprachen. Um ein wenig Ruhe und Wärme zu haben, draußen war es zu dem Zeitpunkt ein wenig kühl, gingen wir in eine Kirche. Nachdem wir rausgingen, wollte das eine Mädchen meine Jacke haben, weil es so kalt war. So, wie man es mir beibrachte, hilft man aneinander und so gab ich ihr meine Jacke. Obwohl ich obdachlos war. Luke meinte noch: »Jan! Die zieht dich ab!«. Ich meinte noch sehr selbstsicher: »Nein, kein Thema.« Dann meinten die beiden, sie müssten mal ganz kurz weg und kämen aber gleich wieder. Da meinte ich noch ziemlich leichtgläubig: »Okay, bis gleich«. Beide Mädels gingen dann die Straße hoch und bogen links ab. Natürlich kamen Sie nicht zurück und ich stand da: ohne Jacke.

Dann, einen Tag später wieder in Amaus, war ich bei meinem Onkel und meiner Tante. Dort schnitt ich im Filmriss meinen Personalausweis mit einer Schere einfach so kaputt. Und so stand ich dann am nächsten Tag am K+K, und das nur noch mit dem, was ich trug. Diese immer wiederkehrenden Tage, an denen ich mir erlaubte, mich erneut zu betrinken, waren wie eine unendliche Geschichte. Wie aus einem Film.

Ein neuer Tag. Ich lies meine Sachen in meiner Unterkunft am Bahnhof, und spazierte ein wenig herum. An einem Kreisverkehr Richtung Niederlande, stand ein Kollege und trampte. »Hey, willste mit trampen? Wollte rüber und ein bisschen rauchen«. »Klar«, sagte ich und wir trampten erst zu einer Stadt vor der Grenze und dann rüber in die Niederlande. Er kannte wohl einen Coffeeshop, den ich bis dato unbekannt war. Ich hatte wie üblich schon einige Bier intus und wir kamen an. Den Coffeeshop konnte man nur betreten, wenn man es die Stahltreppe hoch in die erste Etage schaffte. Ein leichtes Spiel für mich. So lud er mich ein und im Shop herrschte gefühlt Klubatmosphäre und wir kifften. Das neue Setting im Shop machte meinen Kreislauf zu schaffen. Ich meinte zu ihm, dass ich mal kurz vor der Tür frische Luft schnappen müsste. Ich ging sehr langsam die Treppe runter und hielt mich dabei am Geländer fest. Höhenangst setzte ein. Nicht so mein Ding, dachte ich noch. Mein Kreislauf machte mich wieder richtig fertig. Endlich kam ich unten an und setzte mich hin. Ich schaffe es nicht mehr, mich aufzuraffen. Mein Kollege war noch dort oben. Und ich hier unten und wusste nicht weiter. Also beschloss ich, einfach selbst zurück zur Stadt zu trampen. Aber ich wusste nicht mehr genau, wo ich bin! Mein Kreislauf schallert mich weg. Ich lief einige Straßen weiter und befand mich an einer Hauptstraße. Wo ich niederländische Menschen orientierungslos im Suff fragte, wie und wo wohl es nach Deutschland ginge. Ich konnte mich aber kaum auf den Beinen halten und das Zeitgefühl war weg. Ich sah noch das Logo der niederländischen Polizei im Augenwinkel und mir wurde schwarz vor Augen. Als ich wach wurde, befand ich plötzlich mich in einer Gefängniszelle auf einer Liege. »Oh, mein Gott«, dachte ich. Was hatte ich nur wieder angestellt? Man reichte durch einer Klappe der Tür ein belegtes Brötchen und ein Päckchen Milch. Als man die Tür öffnete, fragte ich, was passiert sei. Der eine Polizist meinte, dass man mich einfach in Gewahrsam genommen hätte, damit ich nicht besoffen vor ein Auto laufe. Da dachte: »Puh, da hatte ich ja wieder richtig Glück«. Und freute mich darauf, einfach in Freiheit und gestärkt Richtung Amaus trampen zu können.

22. Kapitel - Groningen im Knast

Dann fragte ich: »Okay, dann kann ich ja jetzt gehen, oder?«. Die Polizistin meinte dann aber überraschend: »Nein, Sie haben noch siebzig Gulden Schulden in den Niederlande.« (Währung der Niederlande kurz vor Einführung des Euro). Weiter sagte Sie: »Sie haben zwei Möglichkeiten. Entweder Sie können das Geld bezahlen oder jemanden anrufen der es bezahlt. Können Sie das Geld nicht zahlen, müssen Sie dafür eine Woche in ein niederländisches Gefängnis.« Da fiel mir die Kinnlade runter. Ich fragte: »Woher stammt denn dieser Betrag?«. »Da wurde mal ein Auto falsch abgestellt, Halter waren Sie und darauf ergaben sich Strafgebühren, welche noch offen sind«. Da fiel es mir ein: Das waren noch Verbindlichkeiten aus den damals angemeldeten Autos, mit denen die Personen auch in den Niederlanden unterwegs waren. Na gut. Wenn sollte ich anrufen? Natürlich wählte ich die Nummer, von der Person, von der ich annahm, dass Sie meine Situation retten könnte und wollte: meine Mama. Als nahm ich mutig und selbstsicher den Hörer in Hand und wählte die Nummer von Mama. Mama hob ab und lauschte mir zu. Ich bat Sie, mir die siebzig Gulden zu leihen und erzählte auch, dass ich sonst eine Woche in das Gefängnis müsste. »Ja Junge, da musst Du nun mal selbst mit fertig werden. Ich kann Dir nichts geben.« Damit war das Telefonat beendet. Aua. Ich verkündete kleinlaut, dass ich das Geld leider nicht aufbringen konnte. So durfte ich dann ein paar Minuten später in einen Transporter einsteigen und wir fuhren Richtung Groningen. Aus dem Radio schallte »Wild, Wild West« von Will Smith. Ein Moment, der sich einbrannte. Der Aufenthalt begann mit üblen Ängsten.

Als ich reinkam, musste ich mich komplett entkleiden und direkt duschen gehen. Ich dachte, das war es. Jetzt werde ich so richtig hart rangenommen. So führte man mich zu einer Zelle für vier Personen. Ich kannte dort niemanden. Morgens kam immer ein Justizbeamter und verteilte die Medikamente an die Insassen. Die Toilette war nur durch eine Klapptür mit der Zelle verbunden. Also man hört und roch alles, wenn man auf die Toilette ging. Auch hatte ich die Befürchtung, ich müsste nun »einen Bus bauen«. Bedeutete, man verhüllt die untere Seite eines Bettes mit Decken und würde dann darin von einem der Häftlinge »hart rangenommen« werden. Das ist mir zum Glück erspart geblieben. Stattdessen musste ich den aus Aluminium bestehenden Deckel von einem Joghurtbecher sauber kratzen. Damit wir »Blech rauchen« konnten. Nach einer Woche durfte ich endlich Richtung Deutschland raus. Man übergab mir sogar Geld für ein Zugticket bis nach Deutschland. Und den wertvollen Tipp, mich unterwegs nicht von Behörden kontrollieren zu lassen. Denn wenn ich die siebzig Gulden wieder nicht dabei hätte, gäbe es eine Wiederholung. So ging ich los, kaufte mir am Bahnhof ein

Ticket und fuhr los. In Zwolle musste ich einmal umsteigen. Also stieg in Zwolle aus und spazierte eine Runde um den Bahnhof. Kurz bevor der nächste Zug Richtung Deutschland eintraf, bemerkte ich, dass ich das Ticket nicht mehr in meiner Tasche hatte. Ich musste es irgendwo hier verloren haben. Ich lief also unruhig über den Bahnhof und schaute, ob das Ticket irgendwo dort liegen würde. Aber es lag nirgendwo. Es war einfach weg. Nun wurde ich auch noch ungewollt zum Schwarzfahrer. Der Zug kam, ich stieg hinzu und schnappte mir prompt eine große niederländische Zeitung. Ich setze mich hin und tat einfach so, als würde ich diese lesen. Hoffentlich verläuft diese Fahrt ohne Kontrolle, hoffte ich. Da öffnete sich die Tür und ein Kontrolleur läuft an mir vorbei Richtung nächsten Waggon. Offensichtlich fragte er, ob jemand hinzugestiegen war. Worauf ich prompt mit möglichst niederländisch klingenden »Nee« antwortete. Und zu meinem Glück ging er einfach weiter. Irgendwann kam der Zug in Deutschland an und ich war so was von froh. Mein Ziel war natürlich die vertraute Bushaltestelle in Amaus, wo ich mich ausruhte. Was für eine Woche.

23. Kapitel - zwei Wochen JVA & Gerichttermin

Im neuen Personalausweis stand lange der Vermerk »ohne festen Wohnsitz«. Der Gerichtstermin zu der Körperverletzung stand noch aus. Daher musste ich mich jede Woche, mindestens einmal bei der örtlichen Polizei vorstellen. Damit die wussten, dass ich weiterhin vor Ort war. Da man mich zwischenzeitlich mehrere Male beim Klauen ertappt hatte, musste ich nun für zwei Wochen in eine Justizvollzugsanstalt. Als der Tag kam, ging ich also zur Polizeiwache und vor dort aus fuhr man mich dorthin. Da ich ständig Alkohol trank, bekam ich für eine Woche ein Medikament, um eventuelle Entzugserscheinungen vorzubeugen. Von dem Medikament wurde ich immer sehr schnell müde. So schlief ich in der ersten Woche fast nur. In der zweiten Woche war ich relativ fit und konnte mich mit den anderen drei Zellenkollegen locker unterhalten. Es war ruhig. Bis auf den einen oder anderen Inhaftierten, der aus seiner Zelle irgendwas Obszönes rief. Nach einer Woche wurde ich entlassen und konnte ohne Probleme wieder zurück nach Amaus trampen. Das Gericht verurteilte mich einige Monate später wegen der begangenen Körperverletzung zu zwei Jahren auf Bewährung plus 2000 € Schmerzensgeld. Die Verurteilung akzeptierte ich mit einer ausführlichen Entschuldigung für das, was ich tat. Somit musste ich mich fortan monatlich bei einem Bewährungshelfer melden. Meistens einmal im Monat und in der Hoffnung, dass sich meine Situation verbessern würde. Ich kam hier aber aufgrund der Alkoholsucht immer häufiger an meine psychischen Grenzen. Es wurde für mich mental sehr, sehr düster. Meine eigene Situation zog mich einfach völlig runter. Ich saß abends einfach an der Bushaltestelle und sah für mich nur selten Hoffnung. Aber ich merkte auch, dass es Menschen gab, denen es nicht egal war, wie es mir ging. Ich schämte mich oft für meine Situation. Genau das war für mich oft der Grund, eben nicht erneut nach Keith oder Luke zu trampen.

Was mir half, waren kleine Gesten. Zum Beispiel die, als mir der »Dönermann« ein paar Pizzabrötchen mit Dip brachte. So was war doch was Schönes. Oder von einer völlig fremden Person Geld für etwas zum Essen zu bekommen Oder Zigaretten oder Bier oder eben was zum Essen. Dennoch sah ich noch nicht das Ende. Mein Tag begann immer wieder von Neuen mit dem Aufwachen als Obdachloser. Dieser Gedanke zermürbte mich. Die Menschen gingen an mir vorbei. Zur Arbeit. Nach Hause. Zu Freunden. Zur Familie. All das war für mich in weiter, weiter Ferne gerückt. Ich war in meiner Opferrolle gefangen und steigerte mich in sehr, sehr tiefen Depressionen. Das ging so weit, dass ich anfing, den Kontakt zu den Menschen einfach zu meiden und mich selbst hängen zu lassen. Ich sagte Sätze wie: »Entweder Du hast Bier für mich, sonst brauchst Du mich gar nicht anquatschen.« Also eine völlig unsoziale Phase, gemischt mit Hass und absolut düsteren Gedanken. Ich sprach zu den Vögeln in den Bäumen. Ich hörte einfach jeden Tag immer wieder und immer wieder Musik von »Cypress Hill«. Über Jahre. Im Regen. Draußen im Schlafsack. Die Musik war für mich oft das letzte kleine Licht am Ende des Tunnels. Ich fragte mich, was ich auf diesen Planeten soll. Es war doch eh alles scheiße. Ich sah meine Mutter, wie Sie nach dem Einkaufen einige Meter von mir entfernt, ohne nach mir zu sehen, wegging. Entweder wollte Sie mich nicht in diesem Zustand sehen oder Sie hatte nicht die Kraft dazu. Es gab immer zwei Seiten. Ich konnte diesen Zustand nicht länger akzeptieren und wurde einfach extrem wütend auf mich selbst. Ich geißelte mich jahrelang selbst. Ich saß auf einen Sitz der Haltestelle. Und war sehr, sehr verzweifelt. Als erneut an so einem Tag dort saß, griff ich zu einer Glasscherbe, die am Boden lag und schnitt mir damit mehrfach in meine linke Handfläche. Ich wollte mich nicht töten, aber Schmerz spüren. Jahrelang unterdrückte ich alles und spülte es herunter.

Meine Traurigkeit sollte einfach aufhören. Ich verfiel in einen Zustand, an dem ich nicht mehr einordnen konnte, was passierte. Da kam die Polizei, versorgte meine Wunde und nahm mich mit auf die Wache. Ich weinte einfach nur noch und sagte, ich möchte, dass das alles aufhört. Die Polizisten sagten »Machen Sie sich keine Sorgen, wir helfen

Ihnen weiter. Gleich kommt jemand, der Sie mitnimmt«. Ich dachte, jetzt geht es in die Klapsmühle. Aber da kam ein kleiner Rettungswagen und man fuhr mich in ein Krankenhaus nach Bronau. Dort gab es eine geschlossene Krankenstation im Keller. Quasi das Auffangbecken für Menschen mit psychologischen und oder körperlichen Gebrechen. Ich war mit meiner Traurigkeit nicht mehr alleine.

24. Kapitel - nicht allein

Oft dachte ich, meine Probleme wären groß. Spätestens dort wurde mir klar, dass es Menschen gibt, die mit viel größeren Themen kämpften. Die meisten dieser Probleme wurden oft von den Menschen aufgefangen, die die größten Herzen von allen hatten: den Mitarbeiter*innen des Krankenhauses. Respekt! Hier lernte ich auch, einfach mal hinzusehen. Einfach mal das Ohr zu öffnen für die Geschichte eines fremden Menschen und sich anzuhören, was der oder diejenige zu erzählen hatte. Es gab hier Menschen in unglaublich schwierigen Situationen, die sich endlich hier trauten, sich zu öffnen. Ich bekam mehrfach die Chance, Personen für einen Moment in mein Herz und meinen Kopf kommen zu lassen. Und um mich auch Ihrer Themen zu widmen. Andersrum bekam ich auch die Chance, dass ich mich dem einem oder anderem öffnen konnte. Um zu erzählen, warum ich überhaupt hier gelandet bin. Und wo ich hin möchte.

Ich wollte für einen weiteren, therapeutischen Versuch wieder zurück in die Fachklinik. Dort sah ich, wie eine Therapie sein könnte und bei Weitem nicht so war, wie viele in Schaudergeschichten erzählten. Ich erinnerte mich an meinen ersten Versuch der Therapie zurück und beschloss darin anzuknüpfen. Es konnte doch nicht sein, dass mich so sehr auf der Stelle drehte und sich nichts ändern würde. So suchte ich Kontakt mit den

Sozialarbeitern und bekam es hin, dass ich erneut einen therapeutischen Versuch in der Fachklinik bewilligt bekam. Somit wurde ich nach der Entgiftung, erneut durch einen Zivi zur Fachklinik hoch oben auf dem Berg gefahren. Wieder eine ärztliche Erstuntersuchung und das üble Prozedere. Die Therapie startete gut. Ich kam an und hatte ein gutes Gefühl. Nach circa drei Monaten wurde ich jedoch von anderen Klienten heimlich gemobbt. Es gab einfach Klienten, die fies waren. Sie ahmten nach, wie ich aß oder wie ich mich bewegte. Sie machten es so, dass ich es nicht melden konnte. Ich war immensen psychologischen Druck ausgesetzt. Wie sollte ich so die Therapie schaffen, wenn ich heimlich gemobbt werde? Es wurde für mich so schlimm, dass sich eine Schuppenflechte auf meiner Kopfhaut entwickelte. Ich hatte früher öfter mal leichte Probleme mit Schuppen. Nun hat es sich aber extrem entwickelt und es ging nicht von alleine weg. Die meisten Klienten waren sehr auf körperliche Pflege aus und für mich wäre es eine Schande gewesen, wenn Sie das entdeckt hätten. Das dachte ich zumindest. Also hatte ich innerlich einen extremen Druck und wollte die Schuppenflechte einfach irgendwie wegbekommen. So ging ich abends, als eigentlich Nachtruhe angesagt war, mit der Haarschneidemaschine ins Bad und fing an mir die Haare vorne mittig abzurasieren.

Ich wollte einfach wissen, wie schlimm es ist und im besten Falle abkratzen oder abwaschen. Als ich jedoch sah, dass sich schon eine harte Kruste gebildet hatte, bekam ich Panik. Panik um die Therapie, Panik um mein Schicksal. Egal, welchen Weg ich nahm, es gab kein Zurück. Vielleicht konnte man mich verstehen, vielleicht auch nicht. In diesem Moment musste ich für mich eine Strategie festlegen. Ich entschied mich dazu, heimlich eine Tasche zu packen. Nur für einen »kleinen« Aufenthalt im Krankenhaus. Draußen war tiefster Winter. Schneeflocken fielen schnell vom Himmel herab und draußen war es schweinekalt. Aber ich hatte keine Chance. Ich musste es durchziehen. Also zog ich mich an, schlich durch das Wohnzimmer der Wohneinheit raus, lehnte die Schiebetür an, damit ich notfalls wieder reinkäme. So stiefelte ich dann durch einen mittelmäßigen Schneesturm über eine Stunde runter bis ins Tal. Dort im Krankenhaus war es gegen ein Uhr nachts. Ich stand dort im Flur der Notaufnahme bei wenig Licht. Etwas unbeholfen mit meiner Tasche und der Kapuze über den Kopf. Da fragte man mich, was los sei und ich sagte: «Ich hab eine ganz schlimme Schuppenflechte, ich brauch unbedingt eine Behandlung. Ich bin in der Klinik auf dem Berg in Behandlung. Bitte!«. Dann kam einfach die Aufforderung: »Zeigen Sie mal.«

Ich zeigte dem Arzt dort meine Schuppenflechte und die Antwort war schlicht »Das ist kein Notfall. Wir können Sie ohne Zustimmung der Klinik sowieso nicht einfach so behandeln. Es ist das Beste, Sie gehen einfach zurück.«. Da war ich aber mal so richtig fertig. Zurückgehen? Bei dem

Schneesturm da draußen? Tja, da musste ich wohl durch. »Neue Strategie« ausgedacht. So eine Scheiße. Ich beschloss einfach, wieder zurückzugehen und alles zu beichten. Und darauf hoffte, dass man mich versteht. Irgendwie lief alles wieder total scheiße. So zog ich los, nun den Berg nach oben. Durch den Schneesturm. Mit der Tasche auf der Schulter den Berg hoch. Ich war gefühlt morgens um 3:30 angekommen. Bin rein und habe mich bei dem Nachtdienst gemeldet und alles erzählt. Anschließend wurde ich auf Drogen- und Alkoholkonsum getestet. Da die Tests beide negativ ausfielen, durfte ich zunächst schlafen gehen. Morgens um sieben Uhr dreißig begann die ausgerufene Krisensitzung im großen Therapieraum. Ungefähr dreißig Klienten saßen nun im Kreis. Ich saß dazwischen mit meiner Jacke an und die Kapuze über den Kopf gezogen. Es war ultrapeinlich.

Der riesige Cheftherapeut kam rein, setze sich und lutschte zunächst nachdenklich sein Mentholbonbon. Dabei schaute er sich zunächst jeden einzelnen Klienten mindestens einmal kurz an. Es sprach niemand und keiner machte auch nur einen Mucks. Da sollte ich auf Anweisung meine Story erzählen. Ich erzählte alles. Danach musste ich die Kapuze runterziehen und meinen Kopf zeigen. Es verunsicherte mich sehr, aber es war auch befreiend. Schließlich schilderte ich ja alle meine Probleme. Nun kam der andere Teil. Es war nach den Regeln der Fachklinik natürlich nicht erlaubt, sich nachts einfach heimlich auf den Weg ins Dorf zu machen und heimlich wieder zu kommen. Denn: Es könnte natürlich auch sein, dass man selbst konsumierte oder Drogen mitbrachte. Dies war für die Klinik und zum Schutze aller nicht tragbar. Es lief also darauf hinaus, dass ich mindestens einmal in die Entgiftung müsste und dann wieder kommen könnte. Dies hatte man im Nachgang auch beschlossen. Man versprach mir, mich nach einer sauberen Behandlung und provisorischen Entgiftung wieder aufzunehmen. Darüber war ich natürlich extrem erleichtert. Psychologisch ist so eine Info wichtig. Immerhin fühlte mich ja nun angenommen, trotz der ganzen Probleme, die ich verursachte. Im Rahmen der Behandlung konnte ich mir aber sicher sein, dass alles gut werden konnte. So musste ich dann alle Sachen packen und bekam das angesparte Geld ausbezahlt. Ein Zivi der Einrichtung fuhr mich in eine, der größten deutschen Zentren für forensische Psychiatrie. Dort wurde ich über eine Überweisung vom Arzt der Therapie zu einer Entgiftung eingewiesen. Auf den Weg zur Klinik fuhren wir noch bei einem Hautarzt vorbei. Dort erhielt ich für die Behandlung meiner Kopfhaut eine ölige Haarkur. So fand ich mich wieder: auf einer geschlossenen Station einer forensischen Psychiatrie. Die Türen waren übrigens wirklich abgeschlossen. Alles wurde überwacht. Die Atmosphäre erinnerte mich an den Film »12 Monkeys«. Sehr viele weiße Fliesen. Kühl und Abgestumpft.

25. Kapitel - forensische Psychiatrie

Auf der geschlossenen Station Klient zu sein, war seltsam. Ich fühlte mich beschützt, von der »verrückten Welt da draußen«. Doch eigentlich war drinnen die verrückte Welt. Ich schmierte mir mehrfach täglich, die ölige Tinktur auf die beschuppte Kopfhaut. Nach ein paar Tagen verheilte es. Die anderen Klienten waren ein Mix mit verschiedensten Leiden. Es spielten sich die merkwürdigsten Szenen ab. Im Raucherzimmer saßen natürlich die Raucher, nur ein Fenster auf kipp, weil es draußen kalt war. Da kommt einer der Patienten rein, eingepackt in bestimmt drei Jacken, Fußballschal um dem Hals gewickelt, Wollmütze auf und meint: »Boar, ist das warm hier!!«. Dann ging er hin und machte alle Fenster auf kipp, so es echt anfing zu ziehen. Dann gab es dort eine kleine Fernsehecke mit jeweils 2 kleinen Stühlen nebeneinander. Ich saß dort und schaute fern. Da setzte sich eine weibliche Klientin neben mir und fing spontan an mein rechtes Bein zu streicheln. »Wow!! Finger weg«, sagte ich, stand auf und meldete das Verhalten vorne an der Zentrale. Die Zentrale war ein Glashaus, worin das Personal geschützt Ihre Arbeit verrichten konnte. Aber man konnte dort auch Bescheid sagen, weil jemand durchdreht. Und das kam hier öfter vor. So hörte ich auch mal Schreie, als ich auf dem Zimmer war. Eine Patientin drehte wohl durch, schrie herum und wurde dann wohl

»ruhiggestellt«. Also Sie wurde wohl fixiert und bekam Medikamente. Dann saß ich mal im Raucherzimmer, als ein unglaublich fieser Gestank vom verfaulenden Fleisch durch die Station zog. Es roch wirklich extrem widerlich.

Nach ein bisschen Recherche erfuhren wir, dass es sich um einen eingelieferten Obdachlosen handelte. Man fand ihn draußen vor der Klinik in einem Park. Der Mann hatte eine offene Wunde am Bein, in welcher bereits die Maden krabbelten. Es stank wirklich bestialisch. Der Mensch musste in einem Krankenhaus behandelt werden. Die Zeit verging und ich dachte daran, dass ich bald zurück zur Fachklinik konnte. Darauf konzentrierte ich mich eben. Nach einer Woche gab es eine neue Mitpatientin auf der Station, die ich sofort sehr interessant fand. Sie hatte eine ungewohnt interessante Frisur. Die Haare waren hinten so nach oben gestylt. Ungewohnt sexy. Was mir aber auch auffiel, das Sie nicht sprach. Nach meiner Beobachtung absolut mit niemand. Ich wusste auch nicht, was Sie hatte. Wollte es aber unbedingt herausfinden. »Also«, fragte ich mich, »Wie soll ich vorgehen?«. So versuchte ich über mehrere Tage, mit Ihr ins Gespräch zu kommen. Und es ist verdammt merkwürdig, wenn man zu jemandem etwas sprach und sah, dass derjenige einen verstand. Dann aber nicht antwortete. Spooky.

Ich packte in die psychologische Trickkiste. Ich erklärte ihr, dass es allein Ihre Entscheidung wäre, einen Kontakt zuzulassen. Sie allein könnte sich dazu entscheiden, meine

Hand zu nehmen oder es zu lassen. Dabei legte ich meine Hand symbolisch auf den Tisch. Da geschah es: Sie nahm meine Hand. Im Kopf tanzte ich in diesem Moment Breakdance. Ich rechnete nicht wirklich damit und doch geschah es. Sie sah für mich einfach unglaublich gut aus und ich war megahappy. So langsam kamen wir dann doch ins Gespräch und es entwickelte sich so etwas wie eine kleine Romanze. Auf einer geschlossenen Station einer forensischen Psychiatrie. Völlig Irre.

Aufgrund Ihrer damaligen Situation war Sie nur bedingt gesprächig. Aber das war nicht schlimm. Nachdem Ihre Eltern einige Male zu Besuch waren, gab mir ihr Vater zu verstehen, dass die Beziehung schon jetzt zum Scheitern verurteilt sei. Das nahm ich auf, konnte aber zudem Zeitpunkt mit dieser Info nicht viel anfangen. Nun hatte ich eine Freundin und wir waren beide gleichzeitig Patient auf dieser Station. Das wurde ziemlich seltsam, weil der Ort so gar zum Kennenlernen passte. Als wir an einem Tag zusammen saßen und unser Mittagessen zu uns nehmen wollten, kam tatsächlich die streichelbedürftige Patientin zu uns. Dann stach Sie plötzlich ohne Vorwarnung mit Ihrer Gabel in mein Schnitzel, als wollte Sie es töten und danach mitnehmen. So schnell kämpfte ich noch nie um ein Schnitzel. Ich hielt das Schnitzel mit Gabel und Messer gleichzeitig auf dem Teller fest und mahnte: »Hey! Da bleibt da schön liegen! Geh weg!«. Dann ließ Sie vom Schnitzel ab und ging wieder weg zu Ihren Platz und aß seelenruhig weiter. Da stand ich kurz auf und beschwerte mich beim »Ober« am Aquarium über »das Verhalten des Gastes«. Das Mittagessen konnte nun verspeist werden.

Nach zwei Wochen auf dieser Station wurde ich auf eine andere Station verlegt. Auf dieser hatte die Patienten nicht mehr ganz so heftige Symptome. Nun fand ich endlich eine Freundin und musste weg. Was sollte ich tun? Denn ich hatte weder Wohnung noch Arbeit. Also auch keine Adresse oder Telefonnummer, die ich ihr hätte mitteilen können. Ich zog also um zu der anderen Station. Machte mir aber Sorgen, weil ich ja auch noch erneut in die Therapie wollte. Nach einer weiteren Woche auf der anderen Station übergab mir einer der Pfleger einen Zettel von Ihr. Darauf Ihre Anschrift und Telefonnummer. Juhu! Daraufhin erfuhr ich aber von einem der sozialen Mitarbeiter eine miese Nachricht. Und zwar, dass sich die Fachklinik im Nachgang doch gegen eine erneute Aufnahme entschieden hatte. Weiter: Man müsste mich jetzt direkt entlassen, da ich keinerlei Symptome aufweisen würde, die eine weitere Behandlung rechtfertigen würden. Da konnte man wohl mit mir kein Geld mehr verdienen. Und da waren Sie wieder, meine Probleme. Also man lässt mich mit dem zweiten Therapieversuch einfach sitzen und setzt mich dann auch noch vor die Tür. Da war ich richtig, richtig baff. Wie sollte ich denn so auf die richtige Bahn kommen? Wie soll ich es schaffen, ohne das man mir hilft? Da durfte ich wie als Hobby wieder meine Tasche packen.

Und ich rief meine Freundin an und teile Ihr den aktuellen Stand mit. Dann musste ich raus. Zur Erinnerung: Wegen der Körperverletzung hatte ich immer noch Bewährung. Bedeutet, ich musste mich somit weiterhin regelmäßig beim Bewährungshelfer melden. Also musste ich sehr schnell aber gezwungener Maßen zurück nach Amaus. Auch weil nur dieser Bewährungshelfer als Einziger wusste, was überhaupt los war.

26. Kapitel - wieder ohne Ziel

Kaum entlassen, deckte ich mich reichlich mit Bier ein und fuhr mit dem Zug zurück nach Amaus. Dort angekommen, hatte ich schon gut einen sitzen. So lief ich in die Stadt und suchte den Bewährungshelfer, fand diesen aber nicht. Okay, dachte ich. Davon konnte man nun halten, was man wollte. So ging ich einfach wieder zum Supermarkt meiner nassen Träume und stand dort mit meiner Tasche. Planlos im nirgendwo. Da kam zu meiner Freude ein Ex-Sprecher der Anonymen Alkoholiker zu mir, den ich auch aus einen der Krankenhausaufenthalte kannte. Er war wohl nicht mehr bei den »AAs« und lud mich auf ein Whisky-Cola ein. Also nahm ich meine Tasche und ging einfach mit. Vielleicht konnte er mir ja auch Unterschlupf technisch irgendwie helfen. Wir gingen in die Stadtmitte oben in ein Lokal. Dort bestellte er für uns wirklich ein Whiskey-Cola nach dem anderen.

Nach einigen Runden wurde er seltsam, faselte etwas davon, dass er reiche Eltern hätte und deshalb glaubte, vom Geheimdienst beobachtet zu werden. Dann meinte er von einer Sekunde zur anderen plötzlich: »Geh!«. Also ich sollte schauen, dass ich Land gewinne. Scheinbar hatte er einen Filmriss und wurde selbst mit seiner Situation nicht fertig. Da ich keine Lust auf Schlägerei oder so was hatte, nahm ich meine Tasche, bedankte mich und ging. Als ich draußen war und es die Treppe runter schaffte, bekam ich

Schnappatmung. Nun kam das, was kommen musste. An der frischen Luft knallte mich der Whiskey-Cola richtig, richtig weg. Ich nahm meine Tasche und lief noch ohne Ziel durch die Stadt. Ich dachte, ich werde schon was zum Schlafen finden. Manchmal lief ich auch einfach nur, um müde zu werden. So fällt einem das Einschlafen – ganz gleich wo – nicht mehr so schwer. Dann verlor ich mich in Gedanken und träumte vor mir her. Mir wurde komisch, ein bisschen dunkel vor den Augen. Ich wurde für einen Moment abwesend.

Dann begann ich wieder zur Besinnung zu kommen. Ich war plötzlich am Supermarkt aber ohne meine Tasche! Wo war meine gottverdammte Tasche? Mit meinen ganzen Klamotten und am schlimmsten: der Adresse meiner ersten Freundin? Das konnte doch nicht wahr sein! Ich schaute mich um, aber sie war auf einmal nicht mehr da. Ich musste also im Filmriss für ca. zwei Stunden irgendwo hingelaufen sein und vergaß, meine Tasche wieder mitzunehmen. Und dass hatte ich nun davon! Was sollte ich machen? Nun war ich nicht nur ohne Bleibe, sondern verlor wieder einmal alles, was ich hatte. Erneut benötigte ich Hilfe. Also ging ich zur Polizeistation. Man ließ mich rein und ich erzählte alles, was ich erzählen konnte. Ich sagte in meiner Not, dass ich mir hier auf der Theke live den Kopf aufschlage, wenn man mir nicht würde. Klar, nicht unbedingt super aber ich brauchte meine Sachen zurück. Egal wie. »Ich muss unbedingt ins Krankenhaus. Nur da kann man mir jetzt helfen. Bitte, ich habe meine Tasche verloren und brauche diese unbedingt wieder. Das ist voll wichtig.« Das war natürlich extrem, aber ich wusste, dass ich jetzt Hilfe benötigte und nicht morgen oder später. Jetzt. Und an dieser Stelle sah ich auch in der Polizei den wirklichen Helfer: »Keine Sorge Herr Nebelfrost, wir haben Sie nie im Stich gelassen und das tun wir auch jetzt nicht. Kommen Sie bitte zur Ruhe. Es kommt gleich jemand, der Sie abholt«.

Tatsächlich kam jemand mit einem kleinen Krankentransporter vorbei, der mich hinten im Sitz angeschnallt, mitnahm ins Bronauer Krankenhaus. Auf der Fahrt dorthin, war ich erleichtert über die Hilfe aber zum anderen tierisch nervös, weil ich ja meine Tasche noch nicht wieder hatte. Ich wurde im Krankenhaus aufgenommen. Über meine Situation war ich so aufgerührt, dass ich nicht richtig schlafen konnte. Da kam am nächste Tag tatsächlich ein Zivi und brachte mir einfach so meine schon auf ewig verloren geglaubte Tasche! Ich konnte es einfach nicht glauben. Er brachte mir in echt meine Tasche! Und es fehlte nichts. Da konnte ich endlich, endlich meine Freundin anrufen und Ihr sagen, wo ich bin und wie es mir geht. Am Hörer meinte Sie, das ihr Vater weiterhin nicht über unsere Beziehung erfreut war. Ich gab am Telefon alles. So wollte ich doch endlich eine Freundin haben, die mich komplett versteht. Ich konnte Sie trotz aller Umstände weiter für mich gewinnen. Dies gab mir eine unglaublich mentale Stärke. Zu wissen, dass ich eine Freundin für mich gewinnen konnte. Das sich daraus für mich eine Richtung ergibt.

Nach einigen Tagen im Krankenhaus und dem wieder hergestellten Kontakt zum Bewährungshelfer, bekam ich die Möglichkeit zu einer Unterkunft für Wohnungslose, in der nicht allzu weit entfernten Stadt Kohsfeld unterzukommen. Somit hatte ich ein Dach über den Kopf und mit der Arbeitslosenhilfe eine Art regelmäßiges »Taschengeld«. Das wurde nämlich eingeteilt, damit man nicht alles auf einmal ausgab. Ich bezog ein Zimmer für zwei Leute und lernte Bernd kennen. Bernd war gelernter Innenarchitekt und hatte früher eine eigene Firma für Küchenbau. Er hatte Kunden wie Rudi Assauer und zeigte mir Stolz seine ganzen Briefe und Qualifikationspapiere. Er war sehr Wortgewand und brachte mir ein wenig Rhetorik bei. Er hatte viel Schwarzgeld und steckte mir auch mal Geld ohne Gegenleistung zu. Gab mir auch mal Diazepam und wir tranken heimlich frisch gepressten Orangensaft mit Schnaps auf unserem Zimmer. Und redeten über verschiedene Themen. Er war ziemlich gerissen und zeigte mir, wie man es sich gut gehen lässt. Während andere beim Frühstück in eine trockene Schreibe Brot bissen, packte er sich freudig und entspannt den Lachs aufs Brötchen. Er zeigte mir auch, woran man im Alltag sparen kann. So sagte er Sätze wie: »Kauf dir die billigste Rasiercreme und die billigsten Rasierer!«. Einer seiner guten Tipps. Eine sehr nette, hilfsbereite aber auch gerissene Person.

Als ich einige Wochen dort wohnte, lud ich meine Freundin einfach ein, sodass wir uns einfach mal treffen konnten. Die Unterkunft war natürlich keine romantische Umgebung für ein Date. So zog ich es vor, Sie in Ihrer Heimatstadt Flippstadt zuhause zu besuchen, wo ich zweimal auch hinfuhr. Zumindest von dieser Adresse aus. Es wurde zunächst eine Fernbeziehung. Nach einigen Wochen in dieser Einrichtung überfiel mich der Suchtdruck. Ich begann täglich viel zu viel zu trinken, obwohl der Konsum in der Einrichtung strikt untersagt war. Irgendwann flog ich auf und man setzte mich vor die Tür. Ich ging zum Bahnhof vor Ort und lernte dort jemanden kennen, der zwar arbeitete, aber auch sehr gerne trank. Er meinte, ich könnte eine Zeit lang bei ihm unterkommen und auf der Couch schlafen. Das Angebot nahm ich an und hauste circa zwei Wochen bei ihm. Meine Aufgabe am Wochenende – denn nur dann war er zuhause – bestand darin, loszulaufen und eine Flasche Doppeloxer zu kaufen. Dazu gab er mir sogar Geld mit. Am zweiten Wochenende besuchte mich dort auch meine Freundin. Sie erkannte wohl, dass sich meine Situation so nicht wirklich ändern konnte.

Das ewige gleiche Umfeld von anderen Alkoholikern konnte mich nicht weiter bringen. Sie meinte, Sie fährt vor und ich sollte mich einfach in den Zug setzen und ihr nachfahren. Und sie anrufen, wenn ich angekommen war. Sie würde mich dann am Bahnhof in Flippstadt abholen. Also fuhr Sie zuerst mit dem Zug zurück nach Hause und ich folgte Ihr mit einem Zug später. Bei einem Zwischenstopp in Portmund kaufte mir für 50€ Schore. Doch ich brachte es aber nicht fertig, mich damit abzudichten. Ich hatte Angst, dass ich davon im Suff zu viel rauchen und daran sterben würde. So packte ich das Zeug ein und fuhr mit dem Zug weiter nach Flippstadt. Dort rief ich dann bei Ihr an, und sagte, dass ich da sei. Da kam Sie nach fünfzehn Minuten und holte mich mit einem kleinen Twingo ab. Bevor wir losfuhren, zeigte ich Ihr die Schore und Sie bestand darauf, dass ich diese Scheiße wegwarf. Und das tat ich. Gefühlsmäßig stand ich hier zwischen, alles wird gut und alles war schon sehr, sehr scheiße.

27. Kapitel - Zweite Bude

Wir fuhren also zu Ihrer Familie. Dort angekommen, musste es eine komische Szene für die Eltern gewesen sein. Ich kam direkt mit Sack und Pack um die Ecke. So nach dem Motto »Tja, da wohne ich nun bei Euch«. Da bat der Vater mich einfach mal um ein Gespräch unter vier Augen. In diesem Gespräch erzählte ich ihm, dass ich ein Scheidungskind sei und bereits früher Probleme mit der Exekutive gehabt hätte, Aber nun einfach versuchte, bei null anzufangen. Da meinte er recht trocken zu mir: »Du hast keine Probleme. Andere haben welche.«. Diese Aussage war ein guter Vergleich, um mich zu motivieren. Und zumindest ein wenig in die Realität zurückzuholen. Da ein Teil der Familie eine Woche vor einen Urlaub in den Niederlande stand, beschloss man, mich kurzerhand einfach mitzunehmen. Die Familienatmosphäre hat mich sehr beeindruckt. Es kam mir vor, als wäre man prinzipiell eher offen mit Problemen umgegangen. Aber schon so, dass nichts nach außen getragen wird. Also konnte ich dort bleiben und nach einer Woche fuhr der Vater mit uns allen für eine Woche in den Urlaub in den Niederlanden auf einen Campingplatz. Meine Freundin und ich schliefen einfach in einem Igluzelt vor dem Wohnwagen der Eltern. Im Wohnwagen schliefen der Vater, die Mutter und die kleine Schwester. Der Bruder von meiner Freundin, blieb zuhause und passte auf das Haus auf. Der Urlaub war wirklich schön. Wir machten eine Radtour ins Dorf und liefen am Strand entlang. Richtig romantisch. Abends im Zelt, als es schon dunkel war, drehte ich mir einen Joint und rauchte diesen gemütlich auf. Meine Freundin hatte nichts dagegen, dass ich kiffte. Es machte ihr scheinbar nichts aus.

Als der Urlaub vorbeiging und wir wieder in Flippstadt im Haus der Familie angekommen waren, half mir, der Vater eine Wohnung zu finden. Auch bekam ich einige Einrichtungsgegenstände, sodass ich nicht alles neu kaufen musste. Ich bekam die Wohnung vom Amt bezahlt und musste als Gegenleistung natürlich aktiv werden. So gab es von mir ja noch den Wunsch, den Hauptschulabschluss nachzuholen. Das konnte ich dort auf jeden Fall versuchen. Fortan besuchte ich eine Einrichtung, wie das damalige BOZ in Amaus und lernte dort für den Hauptschulabschluss. Die Wohnung hatte fast 55 Quadratmeter und lag in der ersten Etage einer Reihenhaussiedlung. Ab und zu schlief meine Freundin auch dort. Sie war sehr fürsorglich und klug. So absolvierte sie in einem Kindergarten das »freiwillige, soziale Jahr«, welches Sie für ihre anvisierte, berufliche Laufbahn benötigte. Sie machte mich mit einigen Ihrer Freunde bekannt. Mitunter bekam ich so die Möglichkeit, mir direkt größere Mengen gutes Hasch zu kaufen. Statt miese kleine Mengen für viel zu viel Geld. So dauerte es auch nicht lang, dass ich selbst anfing, hier und dort etwas davon zu verkaufen, damit sich der Konsum quasi von selbst finanziert. Meine Freundin lud mich eines Tages ein, mit zu einer Disco nach Munster zu fahren.

Dort wo immer sehr gut und gern gefeiert wurde. Kannte ich bis dato noch nicht. Noch auf dem Weg dahin leerte ich eine Flasche Apfelkorn. Und das, ohne übermäßig betrunken zu werden. Im Klub feierten wir mehr oder weniger intensiv. Morgens strandeten wir am Bahnhof, es dauerte aber noch recht lange, bis wieder Züge fahren würden. So lief Sie einfach zu einem Geldautomaten, holte Geld ab und rief für uns beide ein Taxi. Das Taxi fuhr uns heim. Die Beziehung war anfangs harmonisch. Meine Gier nach Hasch wurde groß. So dauerte es nicht lange, bis ich mir auch schon morgens vor dem Unterricht die Bong rauchte. Es blieb auch nicht nur beim Konsum von Hasch oder Weed. Der Konsum von Bier nahm schon bald ein sehr extremes Level an. Ich wurde einfach wieder leichtsinnig und naiv. Durch einen kleinen, beständigen Kundenkreis konnte ich meinen Konsum noch eine Zeit lang gegenfinanzieren. Die Beziehung hielt knapp einhalb Jahre, mein Verhalten war für die Beziehung jedoch unerträglich. Die Spannungen wurden groß. Ich bekam erneut psychische Probleme. Meine Konsumgier und damit einhergehender Kontrollverlust waren für meine Freundin eine extreme Enttäuschung. Sie dachte, ich könnte mich positiv entwickeln. Das dachte ich anfangs auch. Und doch ließ ich zu, dass mich die Sucht als Geisel nahm. Ich ließ zu, dass ich meine erste, wirkliche Freundin verlor, weil ich es nicht schaffte, das Ruder umzureißen. Nie vergaß ich den Tag, als Sie vor Verzweiflung anfing zu weinen, rausging, sich auf Ihr Fahrrad setzte und losfuhr. Da wusste ich, dies ist das Ende der Beziehung. Und es tat verdammt weh.

Ich fühlte mich innerlich leer. Als hätte mich die Sucht wie ein Vampir ausgesaugt. Der Vater holte noch am gleichen Tag zusammen mit ihr alles ab, was ihr noch wichtig war. Es gab kein großes Abschiedsgespräch. Man holte einfach alles ab und fuhr weg. Viel mehr hatte ich in diesem Moment auch nicht verdient. Meine Wohnung nur noch ein Überbleibsel einer – wie der Vater es vorausgesehen hatte, zum Scheitern verurteilte Beziehung. Meine nun jetzige Ex-Freundin war keinesfalls ohne Empathie. Sie fuhr mich einige Wochen später sogar noch einmal in die forensische Klinik, wo ich meine selbst angeforderte Entgiftung absolvieren wollte. Sonst kannte ich keinerlei Personen, die mich hätten hinfahren können. Sie besuchte mich in der Entgiftung sogar noch einmal und spielte mit mir Billard. Ich vermute, dass Sie sich in diesem letzten Zusammensein innerlich von mir verabschiedete, es zwar nicht zeigte, ich es aber fühlte. Durch den Verkauf lernte ich natürlich eine Unmenge an süchtigen Menschen kennen. Nach den zwei Wochen Entgiftung dauerte nicht lange, bis ich anfing, die restlichen Wohnungsgegenstände zu verkaufen. Zwischendurch hörte ich von einem

Kollegen, dass meine Eltern mich suchen würden, weil diese sich sorgten. Das hielt ich zunächst für ein Gerücht, bis Sie in der Nähe vom Bahnhof tatsächlich vor mir im Auto saßen, weil Sie mich eben suchten. Das kam mir merkwürdig vor.

Man hat erzählte wohl, ich wäre von einem LKW überfahren worden. Dass dies die Eltern natürlich nicht ruhig ließ, konnte ich verstehen. Ich hatte auch lange keinen Kontakt mehr zu Ihnen. So fuhren wir zu der Wohnung oder dass, was davon noch übrig war. Mittlerweile war ich mir sicher, dass der Strom schon abgeschaltet war. Mein damaliger Stiefvater fand dann heraus, dass lediglich der Toaster kaputt und deshalb immer wieder die Sicherung rausflog. Nach einer kurzen Aussprache fuhren Sie dann später wieder nach Hause. Ich blieb allein in dieser Wohnung. Die Kollegen und ich wollten noch eine kleine Party in der Wohnung feiern, wusste ich doch, dass ich bald raus müsste. Und wohin ich gehen konnte, wusste ich auch noch nicht. Kurzerhand veranstalteten wir eine kleine Party, mit mittleren bis heftigen Konsum diverser Substanzen. Fast gegen Mitternacht kam noch ein anderer Kollege mit einer mir unbekannten Frau vorbei. Die beiden wollten einfach ein Zimmer für sich haben. So bot ich das Schlafzimmer an, da konnten die beiden Ihre Ruhe haben. Wir hörten im Wohnzimmer etwas lauter Musik. Leider entwickelte es sich nicht so positiv, wie ich mir es von den beiden gewünscht hatte. Die Frau wollte plötzlich gehen, scheinbar war Sie mit dem, was der Kollege von Ihr verlangte nicht vollumfänglich einverstanden. Der Kollege war für mich zunächst nicht ersichtlich scheinbar auf Drogen. Was genau im Zimmer geschah, wusste ich nicht, nur bekam ich plötzlich mit, wie die Frau splitterfasernackt aus der Wohnung rannte. Da war ich extrem perplex, weil dies ebenfalls bedeutete, dass der Kollege etwas wollte, was Sie auf keinen Fall wollte.

Als diese Aktion vonstattenging, verabschiedete sich natürlich die komplette Partymeute und suchte das weite. Der Kollege, welcher die Frau »angeschleppt« hatte, warf plötzlich Ihre Klamotten aus meinem Fenster raus auf die Wiese. Da war es morgens circa um drei Uhr. Die nackte Frau, nun in einem Zustand, der einer Panikattacke glich, klopfte gegenüber von der Straße bei der AWO gegen die Türen und rief »Hilfe, Polizei!! Hilfe!!«. Also es dauerte nicht lange, bis Nachbarn und die AWO auf die Frau aufmerksam wurden. Ich hingegen hatte damit zu kämpfen, noch sämtliche verbliebene Substanzen in der Toilette wegzuspülen. Diese ganze »Party« lief also völlig aus dem Ruder.

Die Polizei kam, und ich wurde direkt in Handschellen vor den Augen der Nachbarschaft in einen Streifenwagen gepackt. Meine Wohnung wurde auf mögliche Beweise durchsucht. Die Frau erzählte später auf der Polizeistation, dass der Kollege sie versuchte zu vergewaltigen. Nachdem ich mitteilte, dass die beiden Hand in Hand zu mir kamen und beide offensichtlich einvernehmlich in das Schlafzimmer gingen, konnte ich gehen. Als ich die Wohnung wieder betrat, fühlte ich mich einfach nur noch fehl am Platz. Die Umgebung wurde für insgesamt wie ein Platz des Scheiterns. Es dauerte ein paar Tage, da wurde ich zu einem Gespräch beim Vermieter eingeladen. Dort verkündete man mir dann nicht ganz ungeahnt die Kündigung. Ein paar Tage später packte ich dann einfach wieder eine Tasche mit Zeugs und ging damit nach einem Kollegen, dem ich auf schon einige Male etwas verkauft hatte. Bei ihm konnte ich meine Klamotten provisorisch unterstellen. Dieser Kollege wohnte im betreuten Wohnen und ich konnte dort auch einige Male schlafen. Über die Bewährungshilfe fand ich bald Unterschlupf. Erneut in einer Einrichtung für wohnungslose Männer.

28. Kapitel - kleine blaue Pille

In dem Wohnheim gab es mehrere Etagen und Zimmer in verschiedenen Größen. Manche Zimmer waren für eine, andere für zwei Personen. Ich bekam einen Platz in einem Zimmer für zwei Personen, welches ich mir mit einem anderen, jungen Herrn teilte. Der Zimmergenosse erschien klug zu sein, so las er doch Nietzsche. Er suchte sich generell immer Nebenjobs in Spielhallen. Um, ohne große Mühe die Kassen plündern zu können. Wenn sein älterer Bruder ihn besuchte, spielten sie gemeinsam Schach. Natürlich war in dieser Einrichtung das Konsumieren von Alkohol oder Drogen untersagt. Und doch machten es fast alle heimlich, so wie ich auch. Um beruflich irgendwie mal Fuß zu fassen, suchte ich mir eine Arbeit. Eine Firma, welche Druckerpatronen verkaufte und wiederbefüllte wollte mir eine Chance geben. So fing ich dort an und bekam vom Chef direkt die Schlüssel für die Geschäftsräumlichkeiten und den Code für die Alarmanlage. Die Arbeit war für mich in Ordnung, doch die Alkoholsucht kam wieder näher. Mit der Einrichtung machten wir mal eine Woche Urlaub in Tschechien. Das war echt toll. Bis es abends in einem der Zimmer richtig rummste. Da wurden die Sozialarbeiter hellhörig. In einem Klärungsgespräch mit alle Leute kam heraus, dass der eine Zimmerkollege seinen Zimmerkumpanen regelmäßig geschlagen hatte, damit dieser tat, was auch immer er wollte. Dies verstieß natürlich gegen die Regeln der Einrichtung, somit wurde die Rückfahrt recht leise. Der gewaltwütige Typ wurde sofort entlassen. Aus der Einrichtung heraus lebte es sich eigentlich recht gut. Da war eines Tages ein blondes Mädel, welches unglaublich gut aussah und die anderen Jungs besuchte. Da war ich schon neidisch, machte mir aber keine großen Hoffnungen. Auch weil ich noch beschäftigt war mit meiner Sucht. Abends kam einer der Kollegen, die Besuch von Ihr bekamen zu mir und gab mir einen Zettel mit Ihrer Telefonnummer. Das war natürlich sehr cool. Ich hatte derzeit noch eine kleine Romanze mit einem anderen Mädel. Aber dieses Mädel wurde seltsam. Fragte Sie doch so Dinge wie:«Was würdest Du tun, wenn ich mich vor einen Zug schmeißen würde?«. Da hab ich Ihr gesagt:«Du kannst jetzt gehen. Auf solche Psychospielchen habe ich keinen Bock.«. Also ging Sie. Der anwesende Sozialarbeiter saß in seinem Büro mit geöffneter Tür und beobachtete das Geschehen.

 Direkt nachdem ich Sie rauswarf, ging ich ins Büro, zog meinen Telefonjoker und rief die blonde Schönheit an. Wir hatten direkt am selben Abend noch ein Date und es hat direkt gefunkt. Ich erfuhr, dass Sie aus dem Osten kam, gerne tanzte und nun bei Ihrem Vater in wohnte. Der Vater konnte mich nicht leiden, weil ich mit meiner Alkoholsucht keinen guten Eindruck hinterließ. Dennoch wollte ich, soweit es ging, stets ehrlich damit umgehen. So war er gefühlt immer gegen mich. Mein Suchtpegel wurde wieder größer. So traf ich eines Tages einen Kollegen, der auch blank war. Und auch ich war knapp bei Tasche. Den Job im Druckerladen hatte ich gerade zwei Wochen, da fasste ich den Entschluss, spät abends in den Laden reinzuspazieren. Ich nahm einen Laptop, ein bisschen Kleingeld und verprasste es mit dem Kollegen. Am nächsten Tag meldete sich der (nun) Ex-Chef in der Einrichtung und bat um den Laptop, im Gegenzug würde er auf eine Anzeige verzichten. Also ging ich mit einem Sozialarbeiter als Mittelsmann hin, übergab den Laptop, entschuldigte mich. Das Arbeitsverhältnis war natürlich aufgekündigt. Wieder so eine unglaublich dumme Aktion. Mit meiner neuen Freundin zerstritt ich mich und ihr wurde wohl bewusst, wie süchtig ich hier schon unterwegs war. Im Rahmen des Konflikts brauchte ich Ablenkung und wollte ich einfach ein anderes Mädel besuchen, welches einige Kilometer entfernt wohnte. Ich trampte ohne große Hintergedanken hin. Dort angekommen, nach etlichen Kilometern, gab Sie mir zu verstehen, dass zwischen uns nichts laufen würde. Wieder eine dumme Aktion.

Enttäuscht von meiner Situation, ging ich fort und kaufte mir Dosenbier. Oh Du Retter in der Not. Ich trampte einfach los und landete in irgendeiner Stadt. Dort hielt dann ein Typ in einem kleinen, roten 25-km/h-Auto mit Fuchsschwanz an der Antenne an und meinte einfach: »Los steig ein, wir saufen einen!«. Ich stieg einfach ein und wir fuhren zu einer Wohnung einer Reihenhaussiedlung. Dort waren noch zwei russische Landsleute, wohl Saufkumpanen. Und man lud mich einfach ein zu saufen. Nach ein paar Kurzen wurde es mir aber zu viel und ich wollte lieber wieder zurück zur Einrichtung in Flippstadt. Als ich an der Straße stand und trampen wollte, knallte der Alkohol richtig rein und ich verlor das Bewusstsein. Das Licht ging einfach aus. Ich wurde in einer Zelle bei der Polizei wach und war ziemlich durch den Wind. So wollte ich doch nur nach Flippstadt trampen. Auf die Frage, wie ich hierher gekommen war, sagte man mir: «Man rief uns an und erzählte, dass da eine Person bei Versuch zu trampen, fast vor einen Lkw gelaufen wäre. Da hatten Sie aber Glück. Das war eindeutig lebensgefährlich. Nicht nur für Sie. Es kommt auch gleich ein Sozialarbeiter, der Sie abholt.» Es kam wirklich ein Sozialarbeiter von der Einrichtung, um mich abzuholen. Nämlich der Chef. Als er eintraf, erzählte man ihm die Story und er fuhr mit mir zusammen zurück zur Einrichtung. In der Einrichtung angekommen, machte er mir sofort klar, dass dies für mich ernsthafte Konsequenzen haben würde. Ein Gespräch weiter hieß es, dass mein Verhalten für die Einrichtung ein Risiko darstellen würde und ich die Einrichtung daher noch am selben Tag verlassen müsste. Wieder hatte ich es geschafft, mein Schicksal in eine unbestimmte Richtung zu lenken.

Dumm und dümmer. So packte ich meine Klamotten erneut und kam wieder bei meiner »Kundschaft« unter. Nur war ich diesmal derjenige, der um Hilfe bat. Doch kam es hier etwas anders, als ich dachte. Der Bewährungshelfer vor Ort gab mir einen Tipp, wo ich unterkommen könne. Zwar nicht in einer sterilen Wohngegend, doch wenigstens ein Zimmer im Dachgeschoss. In einem Haus, welches stadtbekannterweise von übelsten Alkoholikern bewohnt wurde. Vom Amt bekam ich die Zusage, dass die Miete zunächst übernommen wird. So konnte ich mich mit Hartz IV über Wasser halten. Der Kontakt zur blonden Freundin aus dem Osten war keineswegs abgerissen, so kamen wir uns wieder näher. Letztendlich wurde eine Beziehung draus. Sie schaffte es tatsächlich, aus heiterem Himmel zu meinem Geburtstag eine Schlafcouch zu organisieren. Irgendwie. Schlief ich doch bisher einfach in einem Schlafsack und auf einer Isomatte. Es war draußen wieder kälter und die Heizung im Haus waren ständig defekt. So musste ich mich oft mit einem Heizlüfter behelfen. Die blonde Freundin hielt zu mir, ganz egal, was mit mir geschah. Wir waren verliebt und Sie passte auf mich auf. Und daneben gab es die Sucht, die mich oft unter Kontrolle hatte. Ich erinnerte mich noch daran, wie ich eine Nacht mal heimlich bei Ihr, also in ihrem Zimmer bei den Eltern, schlief. Obwohl ich nicht da sein durfte. Da musste ich ganz dringend auf die Toilette im Keller, schlich mich runter aufs Klo. Plötzlich öffnete sich die Tür und die

Stiefmutter erblickt mich kurz und erschrak. Sie ging flott nach oben. Und ich heimlich aber sehr schnell hinterher. Ich zog mich sehr schnell an. Kaum war ich angezogen, hörte ich schon Geschimpfe vom Vater, der sich schon auf den Weg zu Ihr Zimmer gemacht hatte.

Ich öffnete schnell das Fenster und sprang raus. Ich rannte los und der Vater schimpfend hinter mir her. Das wäre ja unverschämt gewesen und so weiter. Ja genau. Bla Bla Bla. In dem Alkoholikerhaus, wo ich wohnte, war nichts normal. Es gab draußen einen kleinen Innenhof. Man musste also, um zu seinem Zimmer zu gelangen, durch diesen Hof. Unten wohnte jemand, quasi der »Hausmeister« mit seinem Hund: einen großen Bernhardiner. Der Hund bellte zwar laut, war aber ein herzensguter. Wo es draußen noch warm war, kam ich einmal in den Innenhof rein, da stand auf dem Tisch schon vormittags eine Flasche Korn, daneben auf den Boden eine Kiste Bier. Daneben noch eine selbst gebaute Apparatur zum »Eimer rauchen«. »Eimer rauchen« ist eine Art zu kiffen. Einfach eine gottverdammt schlechte Absteige. Wohl die schlechteste, die ich jemals gesehen hatte. Aber ich war süchtig nach allem. Besonders eben nach Alkohol. Als ein anderer Junge direkt neben mir einzog, war ich auch bald süchtig nach Pep. So süchtig, dass sich miese Szenen abspielten. Meine Freundin war zu Besuch und saß in meinem Zimmer. Doch ich saß nebenan und zog mir Pep rein. Einfach um höllisch drauf zu sein. Nebenan wartete

Sie auf mich, doch ich kam nicht rüber. Stattdessen war es mir wichtiger, bei diesem Typ zu sitzen und mit ihm eine Line nach der andere zu ziehen.

Da hörten wir plötzlich, wie es nebenan schepperte. Da ging ich rüber und sah, wie meine Freundin voller Verzweiflung mit einer Gardinenstange ein Loch in die Fensterscheibe geschlagen hat. Sie hatte es einfach satt, zuzusehen, wie ich all das ignorierte. Das ich mich von meiner Sucht steuern lies wie ein Lemming. Sie tat wirklich alles, um mich irgendwie davon wegzubekommen. Diese Situation öffnete mir die Augen wenigstens ein wenig. Ich lernte »Bo« kennen, der auch Stoff verkaufte. Nachdem ich mich mit ihm anfreundete, machten wir eine wilde Zeit durch. So kam »Bo« zu einem der Kollegen in Flippstadt-Süd mit dem Motorrad angefahren aber: ohne Helm. Also auf ganz cool. Er nahm mich mit und wir fuhren mit dem Motorrad stumpf zu seiner Wohnung, die etwas außerhalb lag. Eine Art WG. Wir hörten dort House Musik und dröhnten uns zu. Einige Stunden später fuhren wir mit dem Motorrad aber wieder ohne Helm zum örtlichen Supermarkt. Sind rein und kauften stumpf Dosenbier. Das Bier tranken wir vor dem Laden und sind dann einfach mit dem Motorrad wieder weggefahren. Er zeigte mir, wie man unauffällig Zeug vertickt. Als ich abends einmal zuhause war und einfach nur noch schlafen wollte, kam einer vorbei, den ich eigentlich bisher immer als vertrauenswürdig einstufte. Er wollte einen kleinen

Knubbel Hasch auf Kombi für ein Handy als Pfand. Kann man machen. So weit kein Ding. Ich gab ihn ein kleines Stück, er meinte, er bringt mir das Geld später oder morgen vorbei. Dann ging er.

Dann legte ich mich hin. Ich war schon fast eingeschlafen, als es an der Tür klopfte. »Hey, ich möchte dir das Geld geben und das Handy zurück.«. Ich dachte schon, dass es spät gewesen sein musste, da ich schon extrem müde war. Okay, dachte ich und öffnete ihm die Tür. Aber kaum öffnete ich die Tür, knallte diese nach innen und drei fremde Jungs standen im Zimmer. Einer warf mich auf meine Schlafcouch und der andere hielt mir prompt ein Messer an den Hals. »Wo ist dein Zeug?«. Da zeigte ich ganz lieb zu meiner Jacke und war mal eben Hasch für 400€ los. Die Personen sprachen nur gebrochen Deutsch, kein Englisch und auch kein Niederländisch. Und der angeblich vertrauenswürdige Kollege nahm sein Handy und haute zusammen mit den anderen wieder ab. Scheinbar hatte er Schulden bei seinen eigenen Kollegen und musste ein Bauernopfer bringen. Könnte ich mir auch eingeredet haben. Na ja, angenehm war es nicht. So viel dazu.

In Flippstadt lernte ich eine Menge Leute kennen. Die Sucht erweiterte meine eigene Dummheit gnadenlos. Konnte mich auch an einen Nachmittag erinnern, den ich mit einem weiteren, sehr coolen Kollegen verbrachte. Diese Art von Kollege, der im Gang durch die Innenstadt anfing, von einem Verkaufsständer eine Jacke abzunehmen und mit mir einfach weiter lief. Eine der Verkäuferinnen rief daraufhin wohl die Polizei und wir gaben Fersengeld. In einer kleinen Gasse gab er mir einfach seinen Rucksack und meinte »Hier pass darauf auf, bis ich wieder draußen bin«. Dann haute er ab. Ich sah mir dann den Inhalt des Rucksacks an und fand darin eine Latzhose für Angler. Es war nicht kühl, aber ich hatte natürlich wieder meinen Spaßpegel erreicht und zog mir das Dingen über. Dazu eine megacoole Sonnenbrille. Auch im Rucksack: zwei Flaschen Jägermeister. Damit machte ich mich dann auch den Weg zum Kollegen Rigoles. Eine Straße weiter sah ich noch, wie der Gute von der Polizei einkassiert wurde. Bei Rigoles traf sich immer die ältere Generation Männer mit meist gescheiterten Existenzen. Als ich in meinem speziellen Outfit meinen Auftritt hingelegt hatte, packte ich die beiden großen Flaschen Jägermeister aus. Da begann sich die Rotte nach und nach aufzulösen. Man ahnte wohl schon, dass dies kein gutes Ende nehmen würde. Ganz gleich in welcher Richtung: Rigoles war bekannt für seine legendäre Schallplattensammlung. Legte er doch gerne echte Klassiker wie den Ententanz auf. So waren wir nach etwa dreißig Minuten nur noch zu zweit und fingen an, Jägermeister zu trinken. Ich wachte auf, es war dunkel und ich musste richtig dringend aufs Klo. Da versuchte ich aufzustehen und knallte dabei voll auf die Marmortischplatte von Rigoles. Die Tischplatte zerbrach und knallte laut auf den Fußboden. Muss wohl so gegen sechs Uhr früh gewesen sein. Rigoles kam aus seinem Schlafzimmer ziemlich genervt rein: »Oh nein, jetzt hast Du den guten Tisch kaputtgemacht. Den musst Du auf jeden Fall bezahlen. Siebzig Euro mindestens«. Ich meinte, sei kein Thema, ich käme für den Schaden auf. Also ich von der Toilette wieder kam, meinte Rigoles: »Du, ich brauch jetzt ein wenig Ruhe und muss dich bitten zu gehen«. Ich bekam von ihm noch eine Dose Bier und genau einen Euro und er ließ mich davon ziehen. War ich da eine arme Sau. Aber ich gab mir auch alles, was ich kriegen konnte.

Ein anderes Mal am Bahnhof fragte ich einen Mann, der für mich wie einer aussah, der etwas konsumierte, ob er mir irgendetwas zu abdichten geben könne. Der Mann griff in seine Tasche und gab mir eine blaue, kleine Pille. Ohne zu wissen, was es war, nahm ich diese und kippte einfach Bier nach. Nach ungefähr einer Stunde kam einer der Kollegen aus dem Haus vom betreuten Wohnen. Ich sprach mit ihm und erzählte ihm noch irgendwas. Dann bekam ich einen Tunnelblick, sprach aber munter weiter. Plötzlich wurde mir schwarz vor Augen. Ich wurde wach und lag auf einem Bett im Krankenhaus. Hatte wieder nur einen OP-Kittel an und einen sehr, sehr schweren Kopf. Da war meine Freundin bei mir und sah mir traurig und besorgt in die Augen: »Mach so etwas bitte nie, nie wieder, hörst Du?«. Ich war so sehr drauf, dass ich mich einfach immer und immer wieder wegbeamen wollte. Ich hatte keine Ahnung, von dem, was geschah. Als ich einen Tag später wieder entlassen wurde, ging ich mit ihr zu dem Kollegen, mit dem ich am Bahnhof noch redete. Er war sehr enttäuscht von mir. Er machte sich auch Sorgen um mein Leben. Das ich bereit war, mich einfach aufzugeben. Hatte ich zwischendurch doch schon Heroin auf Blech geraucht und wusste, wie es sich anfühlt, wenn die Droge einem einfach eine warme Decke um den Körper legt. Man keine Schmerzen mehr hat oder fühlt. Man von der Droge extrem beruhigt wird. Dies macht es ja so gefährlich. Zurück zum Hergang. Der Hergang war der, dass ich mit zu ihm ging und auf seiner Couch saß. Erst unterhielten wir uns noch halbwegs gut miteinander. Also ich war noch bei Bewusstsein. Dann bekam ich wohl einen Kreislaufzusammenbruch, und zwar so dermaßen, dass ich einfach Wasser ließ. Totaler Blackout. Ich war nicht mehr bei Bewusstsein und es gab auch nach seiner Aussage keinerlei Lebensanzeichen mehr. Also rief er in seiner Angst direkt den Notarzt. Es war mir natürlich unheimlich peinlich und beschämend. Und beschämend könnte auch der Titel des nächsten Kapitels sein.

29. Kapitel - Bundeswehr

In dieser scheinbar perspektivlosen Zeit kam der Tag der Tage. Ich erhielt Post von der Bundeswehr. Der Fliegerhorst in Goslar rief nach mir. Das Loch in der Scheibe meines Zimmers war geflickt, die Freundin beruhigt, und ich durfte mit der Bahn hinfahren. Super. Dort angekommen, bekamen wir alle neue, überholte Kleidung. Ich war Stubenältester, hatte somit das »Kommando« zu unserer Stube. Die Stiefel passten nicht, die Stahlkappe schürfte an den Knöcheln der Zehen. Jeder bekam einen Spind. Es wurde gelehrt, wie wir das Bett zu machen haben und wie man die Kleidung vernünftig in den Spind hängt und legt. Auch wie man die Stube säubert, wurde uns ausführlich gezeigt. Der erste Monat verging wie im Flug. (Gagalarm!) Im zweiten Monat wurde es schon anspruchsvoller. Ich hatte erneut mit Suchtdruck zu kämpfen.

Nach zwei Wochen beschloss ich, einfach zu bleiben, und nicht zur Bundeswehr zurück zufahren. Ich musste jedes Mal mit der Bahn fahren und wollte mehr Zeit mit meiner Freundin verbringen. Es war an einem Mittwoch oder Donnerstag, da waren meine Freundin und ich auf den Weg zu dieser Dachgeschossklitsche. Im Hausflur, fast oben angekommen, standen zwei mir unbekannte Männer. Die Männer fragten, ob ich der bin, der ich eben bin und nannten dabei meinen Namen. Dann gaben sich die beiden

Männer plötzlich als Feldjäger zu erkennen und befahlen, dass ich das Zimmer öffne, damit ich meinen Sachen für den Dienst mitnehmen konnte. Zunächst wurde ich wie ein Straftäter an der Wand durchsucht. Anschließend musste ich meine Tasche packen. Dosenbier durfte ich nicht mitnehmen. Anschließend durfte ich mich noch von meiner Freundin verabschieden. Man fuhr mit mir, zunächst in einer Bundeswehrkaserne, dich ich nicht kannte und sperrte mich in einen Raum mit Bett, Tisch und Stuhl. Ich musste mich auf den Stuhl setzen und durfte nicht liegen oder schlafen. Sobald meine Äuglein zufielen, ging die Tür auf und ein Soldat rief »Flieger Nebelfrost, hier wird nicht gepennt! Bleiben Sie gefälligst wach!«. So ging das die ganze Nacht. Morgens war ich dann richtig fertig. Dann musste ich das Bett neu beziehen, obwohl nicht darin schlafen durfte. Reine Schikane. Dann fuhr man mit mir zurück in die Kaserne, wo ich fortan nur noch unter Beobachtung tätig werden durfte. Sprich: Ich durfte »meine Waffe« zwar putzen, aber nicht benutzen. So begann das Dilemma.

Einige Tage später: abends gingen die Kameraden los und holten sich Zigaretten und eine oder zwei Flaschen Bier. Ich kam vom Supermarkt mit zwei Tragetaschen voller Spirituosen. Im Raucherraum begann ich den Abend mit einem Bier und einer Flasche »Blauen Engel« ausklingen zu lassen. Im wahrsten Sinne des Wortes. In den Tagen zuvor hatte sich mein Spind bereits mit einer unkontrolliert großen Menge leerer Bierdosen gefüllt. So wurde ich erneut Geißel der Alkoholsucht und das Schicksal nahm seinen Lauf. Ich wurde morgens wach und lag aber nicht auf meiner Matratze auf meiner Seite. Es roch voll nach Urin. Die Stubenkollegen erzählten mir, dass ich »fertig« sei und »Du hast in dein eigenes Bett gepullert«. Ich war einfach geschockt. Erschrocken von dem, was die Sucht mit mir anstellte. Wie tief konnte ich sinken? Ich wollte an meinen Spind, doch der wahr verschlossen. Der Schlüssel verschwunden. Ich wollte mich umziehen und musste notgedrungen irgendwo eine Bolzenschere herbekommen. Also machte ich mich leicht bekleidet auf den Weg runter zur Wache und erzählte, was vorgefallen sei. Die wussten wohl schon Bescheid und gaben mir einen Bolzenschneider. Ich knackte mein Schloss, zog mich um und brachte den Bolzenschneider wieder runter. Für mich war an diesem Morgen klar, das hier keine Früchte tragen wird. Zum einen war ich aufgrund der Körperverletzung vorbestraft. Zum anderen war mein täglicher Alkoholbedarf viel zu hoch. All diese Scham vor mir selbst. Die Sucht war zu stark. Ich hatte alleine keine Chance. Ich musste es mir selbst eingestehen. So meldete ich mich morgens beim Antreten krank, musste jedoch noch an einem Theorieblock teilnehmen. In diesem Theorieblock fingen die anderen »Kameraden« an, über mich zu lästern. Die alte Angst brach über mich ein wie ein Gewitter mit Donner und Blitzen. »Bettnässer« hörte ich jemanden flüstern. Ich versank im Boden und konnte mich selbst nicht mehr ertragen. Mein Gesicht war versteinert und ich tat so, als wenn ich all das Geflüster nicht hören würde. Und doch wussten die Beteiligten, dass ich es hörte.

Als ich nach der Theorieeinheit endlich, endlich bei Ranghöchsten vorsprechen durfte, legte ich all meine Karten auf den Tisch. Die Antwort war »T5 – ausgemustert. Sie gehen nun hin, packen alle Ihre Sachen und bringen diese wieder dahin, wo Sie diese bekommen haben. Das war es für Sie. Alles Gute für Ihre Gesundheit.« So stiefelte ich los, brachte meine Sachen zurück und fuhr mit der Bahn zurück nach Flippstadt zu meiner damaligen Freundin.

30. Kapitel - Ärztliches Gutachten

Zurück zur Dachgeschossbude. Da das Geld für die Miete damals noch an mich überwiesen wurde, hatte ich diese natürlich nicht überwiesen, sondern verkonsumiert. So kam es dann, dass der Mietvertrag von der Vermieterseite gekündigt wurde. Auf der Stufe der Sucht war es mir egal. Aufgrund mehrerer kleiner Delikte, bei denen man mich ertappte, drohte eine neue Gerichtsverhandlung. Da ich zu dieser Zeit fast alle meine Aktionen unter Alkoholeinfluss mal mehr oder mal weniger erfolgreich ausführte, ordnete das Gericht ein ärztliches Gutachten an. So gab es diesen einen Tag, an dem mich in meiner klitzekleinen Dachgeschossklitsche ein Arzt besuchen kam, um mich komplett zu untersuchen. Es muss für ihn komisch gewesen sein. Ich konnte ihm nur einen kleinen Stuhl zum Sitzen anbieten, hatte ich doch noch nicht mal einen Tisch. Er bestand zunächst darauf, dass ich mich einfach hinsetze oder hinlege und ihm meine Lebensgeschichte erzählte. Das fand ich recht interessant. Danach untersuchte er mich körperlich und tastete mich ab. Dann musste ich noch ein paar motorische Tests mitmachen. Das Ganze dauerte ungefähr vier Stunden. Für mich ganz schon lange. Als Krankheitsbild ergab sich eine Mehrfachabhängigkeit und dissoziale Persönlichkeitsstörung.

31. Kapitel - von der Straße zur Freundin

Meine Freundin konnte zwischenzeitlich eine eigene Wohnung beziehen, wollte aber nicht so recht, dass ich auch bei ihr wohnte, sondern eher etwas eigenes auf die Beine stellte. Also Sie war schon darauf bedacht, dass ich mir mal meine eigenen Pläne mache und diese umsetze. Diese Vorgehensweise war völlig verständlich. Ich war völlig naiv und das Obdachlosenleben mittlerweile gewohnt. Wenn man einmal in diese Welt abgetaucht ist und diese Form der trügerischen Freiheit kennengelernt hat, ist es umso schwerer, dieser zu entkommen. Das ist wie bei schlechter Laune: Je länger man sich damit beschäftigt, umso schlimmer und länger wird diese Phase. So ging ich wieder oft zum Bahnhof, hörte wieder Cypress Hill und trank ein Dosenbier nach dem anderen. Oft habe ich bis Mittag an die zehn Dosen getrunken. Zwischendurch immer wieder auch harte Spirituosen. Es war einfach jämmerlich. Ich schämte mich vor meiner Freundin, schaffte aber den Absprung nicht. Ich wollte in den Phasen des Trinkens und Ausnüchtern allein sein. Keinem zur Last fallen. Die Rückblicke zu gescheiterten Therapieversuchen machten mich traurig und depressiv. Jeden Tag sah ich nur meine eigene Vergangenheit. Meine Geschwister, die ich nicht in echt sah, sondern nur vermuten konnte, wie diese jetzt aussahen.

Eines Abends – wieder betrunken – ging ich vom Bahnhof die Straße links hinunter und sah auf der rechten Straßenseite einen kleinen Berg mit Möbeln für den Sperrmüll. Da stand auch eine dunkelrote Couch. Die habe ich mir dann einfach gepackt, über die Straße bis in die Büsche gezogen. Und dann habe ich mich einfach da drauf gelegt und geschlafen. Die stand da genau im richtigen Moment. Morgens, als ich wach wurde, blieb ich noch ein wenig liegen. Da kam ein Mann von der Bahn und reichte mir einen großen Sonnenschirm über den Zaun. »Als Regenschutz. Bitte!«. »Danke!«, sagte ich und steckte den Schirm so in die Erde, dass die Couch nun sogar vor Regen geschützt war. Auf der Couch schlief ich circa vierzehn Tage, da wurde der Schlafplatz von der Stadt entsorgt. Mittlerweile schaffte ich es ab und zu zum Schlafen auch zu meiner Freundin. Sie wurde mittlerweile recht umgänglich. Einerseits meinte Sie, ich sei alt genug und müsse wissen, wohin ich gehen könnte oder zu wem ich gehören würde. Andererseits war Sie aber unglaublich fürsorglich und machte sich enorme Sorgen um andere Menschen. Nicht nur um mich, sondern generell. Als ich es eines Abends mal wieder nicht nach »Hause« schaffte, legte ich mich auf einer »neuen Matratze« wieder in die Büsche. Diesmal einfach im Suff bei Regen. Ich war sehr erschöpft und wollte nur eines: schlafen. Sie hat mich dann wohl spät abends gesucht und mich dann auf dieser Matratze liegend in den Büschen entdeckt. Ich hörte nur noch Sätze wie: »Mensch Jan, so was kannst Du doch nicht bringen! Ich mach mir Sorgen um Dich!« und »Du wirst sterben mit einer Lungenentzündung!«. Für mich klang das einfach nur noch schemenhaft wie im Traum. Ich war noch fertiger als fertig. Ein bisschen Regen, ein bisschen frische Luft, das machte mir nichts.

Dann war ich mal ungefähr eine Woche lang weg. So dass sie gar nicht mehr wusste, ob ich überhaupt wiederkomme. Ich war im Suff unterwegs und nahm aus irgendeinem Garten Zwiebeln und aß diese roh. Ich hatte einfach Hunger nach etwas Scharfen. Dann wollte ich ins Warme. Ich ging zum Reihenhaus, wo auch meine Freundin wohnte, aber Sie war nicht da. Ich kam aber irgendwie in den Flur und habe mich dann ganz oben im Flur einfach hingelegt und geschlafen. Sie kam später nach Hause. Der ganze Flur muss immens nach Zwiebeln gerochen haben. Sie bekam mich irgendwie in die Wohnung und ich konnte trotz Gestank bei Ihr Schlafen. Morgens stank ich immer noch »wie Hulle«. Es gab morgens natürlich ein den Umständen entsprechendes Gespräch zwischen Ihr und mir aber: Sie war nie unfair mir gegenüber. Im Gegenteil: Ich war unfair Ihr gegenüber. Sie bat mir nach einiger Zeit dann doch an, dass ich bei Ihr wohnen konnte. Meiner Sucht war dies scheinbar noch nicht genug. Ich verlor mich immer wieder ab und zu im Suff und am Bahnhof. Bei einem Kollegen im Wohnviertel eines sozialen

Brennpunktes lernte ich wiederum einen anderen Dealer kennen.

Eine Woche später erfuhr ich, dass dieser in seinem Hausflur erstochen wurde. Einfach wie im Film. Traumatisch und doch Realität. Die Ereignisse dieser Umgebung, unter den Personen, die ich kannte, wurden einfach hässlich. Und ich fragte mich, was das Leben überhaupt bedeutet. Ich zog es für mich zwischendurch einfach mal in Betracht, einfach in Ihrer Wohnung zu bleiben. Auch wenn die nächste Tankstelle nur am Ende der Straße war. So schaffte ich es auch hin und wieder, in der Wohnung zu bleiben. Okay, manchmal aber auch nicht. Dann zog ich mit Geld für zwei »Starterdosen« los und versuchte einfach wieder, noch mehr Geld für weiteren Alkohol ran zu bekommen. Zu meinem Geburtstag im Jahre 2013 ließ Sie sich etwas besonderes Einfallen: Sie lud heimlich die ganze Familie ein: Mama, den Stiefvater und meine Geschwister bis auf meinen jüngeren Bruder. Und einen der damaligen Kollegen, der noch Gitarre spielte. Es war einfach toll, alle wieder zu sehen. Für Sie war wahrscheinlich einfach wichtig, dass ich mal wieder das Gefühl bekomme, dass man mich lieb hat. Und das klappte. Die Wohnung wurde für mich viel mehr als nur eine Übernachtungsmöglichkeit. Hierhin konnte ich mich zurückziehen und nachdenken.

32. Kapitel - Gerichtsverhandlung

Es kam der Tag, an dem ich als Angeklagter zur Gerichtsverhandlung geladen wurde. Auf den Tag der Gerichtsverhandlung hatte ich mich wochenlang vorbereitet. Aber nicht um zu tricksen oder zu lügen. Ich fragte mich selbst drei Wochen lang in der Wohnung meiner Freundin: Was wären meine Ziele? Eines meiner ersten Ziele war es, jeden Tag einfach in der Wohnung zu bleiben. Nicht zu trinken. Zu reflektieren, warum ich mich oft im Kreis drehte. Zu hinterfragen, was ich im Leben schaffen könnte. Ohne darüber nachzudenken, was ich vorher tat. Was könnte ich alles erreichen, wenn ich die Möglichkeit bekäme? Ich schaute nach draußen in die Bäume und fragte mich, was ich als kleiner Junge gerne spielte. Warum war ich so, wie ich war, und wohin könnte ich mich entwickeln? Ich war jung und keineswegs zu alt, um es nicht doch noch zu probieren. Während dieser Phase entschloss ich mich dazu, meine Strategie komplett neu aufzubauen. Ich sagte mir: Egal, wohin mich dieser Weg bringen würde. Egal, mit welchen Menschen. Egal, ob jemanden dabei zurücklassen müsste, wie zum Beispiel meine Freundin. Es war einzig und allein wichtig für mich. So erinnerte ich mich zurück an die Therapieversuche und erkannte, dass dies der einzig wahre Weg sein würde. Ich musste neu starten. Ich würde es als Chance nutzen. Es musste sein.

Die Bewährung stand durch viele kleine Delikte auf der Kippe. Ich missachtete einige Male die Meldepflicht beim Bewährungshelfer. Die Delikte waren: mehrere kleine Diebstähle und Kreditkartenbetrug. Nun war es so weit und ich fand mich überpünktlich zum Gerichtstermin ein. Der Richter begann, die Anklagepunkte vorzulesen. Ich wurde befragt und bestritt keine meiner Taten. Der Richter schaute noch mal drüber. Dann sagte er: »Fast aller Ihrer Delikte fanden unter Alkoholeinfluss statt. Das Gutachten ergab unter anderem eine Mehrfachabhängigkeit. Wenn Sie die Wahl hätten zwischen einer Gefängnisstrafe oder einer Therapie, für was würden Sie sich entscheiden?«. Ich argumentierte: »Wenn ich eine Gefängnisstrafe absitzen würde, käme ich raus mit gespartem Geld, hätte ich vermutlich nichts gelernt und würde sehr wahrscheinlich wieder anfangen zu saufen. Daher bitte ich Sie darum, mir wirklich die allerlängste Therapie zu geben, die Sie mir geben können. Danke.« Da dachte der Richter einen Moment nach und verkündete dann zu meinem Glück das Urteil: Maßregelvollzug nach Paragraf 64. Ich war sehr erleichtert und mir viel ein riesiger Stein vom Herzen. Die Strafe bedeutete eine Unterbringung in einer Entziehungsanstalt für suchtkranke Straftäter. Ich erhielt somit die Eintrittskarte für eine lange aber extrem professionelle Therapie. Jetzt musste ich nur noch einen Termin bekommen. Man bekam ja nicht sofort einen Platz und konnte losfahren. Alles musste noch organisiert werden. Ich wusste also nicht, wohin es zur Entgiftung geht oder wo die Therapie stattfinden würde. Ich war einfach nur sehr, sehr froh, dass ich diese Chance bekam. Dies änderte für mich vieles. Von nun an ließ ich es ruhig angehen. Konsumierte nun noch einige Male Bier am Bahnhof aber längst nicht mehr so häufig, lange und so viel wie vorher.

Nun lernte auch andere Menschen kennen, denen ich durch meine Art aufgefallen war. Unter anderem lernte ich Steve kennen, der mir ab und zu Kippen anbot. Er outete sich irgendwann als homosexuell, was ich aber nicht schlimm fand. Steve hatte wohl reiche Eltern und kümmerte sich für mich sogar noch um die Entsorgung der alten Sachen aus der Einrichtung, aus der ich einst geworfen wurde. Ein echt wirklich netter Typ. Einige Wochen später bekam ich dann Post, wo genau drin stand, wann ich wo zur Entgiftung antreten musste.

Und jetzt kommt´s: Da ich noch keinen Führerschein hatte, fuhr mich Steve mit einem Roller von Flippstadt bis zu der Fachklinik für die Entgiftung. Und das im Winter. Wir froren uns also beide auf dem Roller den Arsch ab. Und meine Freundin im Bus mit meiner Tasche hinterher. Als ich diesen wundervollen Menschen verabschiedete, brachte mich meine Freundin noch bis in die Klinik rein. Nach etwa einer Stunde fuhr Sie dann ebenfalls. Und ich war erneut auf einer geschlossenen Station. Diesmal mit dem Ziel, es wirklich durchzuziehen.

33. Kapitel - Therapie Vorbereitung - Entgiftung

Die Möglichkeit, die ich hier bekam, hatte für mich eine riesige Bedeutung. Ich begriff, dass ich die Chance bekam, mein Leben endgültig ändern zu können. Die Umstände und Anforderungen konnte ich bis dato nur erahnen. Aber für mich war klar, dass ich diesen Weg gehen würde. Ich wollte mich nicht mehr vom langjährigen Partner – der Sucht – lenken lassen. Sondern selbstbestimmt durch das Leben gehen. Mit nur noch 65 kg (von Körpergewicht konnte man ja nicht mehr sprechen) wurde ich in der Entgiftung aufgenommen. Die geschlossene Station befand sich gerade inmitten eines Umzuges. Es ging also am nächsten Tag schon in ein anderes Haus. Die Mitpatienten waren durchweg ertragbar. Ich begann den sanften Einstieg zur normalen Nahrungsaufnahme. Später traute ich mich gelegentlich auch mal an frisches Obst. Ein neuer Patient kam auf die Station. Er hatte immer Angst, dass man ihm den Konsum von Kaffee verbieten würde. So füllte er sich ständig kalten Kaffee in leeren Pfandflaschen ab und bunkerte diese im Raucherraum. Ein lustiger Kauz mit Vokuhila angelehnter Frisur. Damit die zukünftige Fachklinik bewerten konnte, ob ich in deren Konzept passte, schrieb ich auf Rat eines Sozialarbeiters einen Lebenslauf.

Ich stellte mich innerlich darauf ein, dass ich einfach meinen eigenen Weg gehen würde. Wo auch immer dieser hinging. Weil ich ahnte, dass die Therapie nicht einfach werden würde, entschloss ich mich hier in der Entgiftung bereits dazu, endgültig mit dem Rauchen aufzuhören. Ich empfand es als persönliche Schwäche. Ich wollte die Therapie entweder ganz, das bedeutet, ohne alle Suchtstoffe absolvieren oder gar nicht. Es machte absolut keinen Spaß mehr, sondern widerte mich einfach nur noch an. Als Inspiration las ich das Buch »Endlich Nichtraucher« von »Allen Carr«. Ich konnte es nicht länger ertragen: So zu tun, als wäre es cool zu rauchen.

Nach fast drei Monaten in der Entgiftung erfuhr ich endlich Name und Ort. Für mich ein völlig neuer Ort, den ich noch nicht kannte. Noch weiter weg von Eltern, Verwandte und Bekannte. So wusste ich aus den vorherigen Versuchen schon, dass die anfängliche Trennung vom gewohnten Umfeld zum therapeutischen Konzept gehörte. Ein Zivi holte mich eines Tages ab und fuhr mit mir direkt zu der Fachklinik.

34. Kapitel - stationäre Therapie

Die Fachklinik selbst lag auf einem Berg, also schon einige Meter entfernt von der Stadt unten im Tal. In der Fachklinik arbeitete ausschließlich fachlich sehr gut ausgebildetes Personal. Die Anzahl der Klienten belief sich stets um die dreißig Personen. Nachdem ich dort ankam, wurde mir direkt ein Klient als Pate vorgestellt. Der Pate zeigte mir zunächst die Regeln des Hauses. Auch würde mich der Pate durch die gesamte Therapie begleiten. So war ich als neuer Klient von Anfang an in Gesellschaft und nicht alleine. Zu Beginn musste ich den Arzt der Klinik aufsuchen. Dieser beurteilte mich in meiner Person, um diesen Status zu Beginn der Therapie festzuhalten. Ich war in diesem Status noch sehr verunsichert. Doch ich sah, wie viele der Mitklienten, mal mehr und mal weniger mit der Therapie zurechtkamen. Ich sah in deren Gesichtern, dass es hinter der einen oder anderen Fassade brodelte oder auch bröckelte. In der Entgiftung beschloss ich, mich nicht darauf zu konzentrieren, ob es andere schaffen würden. Ich gab mir selbst durch meine Entscheidung das Geschenk zu einem Neuanfang. Es gab jeden Morgen Frühsport, welcher von allen absolviert wurde. Danach gab es Frühstück und darauf folgte eine große Gesprächsrunde in einen großen Raum. Meist geleitet von zwei Therapeuten. Schon hier zeigte sich, wer die Therapie ernst nahm oder versuchte, sich durchzumogeln.

Wackelte jemand mit dem Stuhl? Flüsterte jemand offensichtlich mit seinem Nachbarn? All diese kleinen respektlosen Handlungen wurden von den Therapeuten aufgenommen. Ob Sie diese bewerten, wusste man nicht. Hier wurden Themen angesprochen, die allen etwas angingen. Wer hatte welche Regeln gebrochen? Wer bekam wofür welche Konsequenz? Eine Konsequenz könnte auch eine Überführung in eine JVA bedeuten. Weil sich derjenige nicht ändern wollte, obwohl er könnte. Es gab für alle Klienten auch stets einen gewählten Stellvertreter. Dieser hatte die Aufgabe, Themen anzusprechen, die im Namen aller besprochen werden wollten. Hatte jemand einen anderen bei einem Regelbruch ertappt, schrieb man dies auf einen Zettel. Und warf diesen dann in einen »Beulenkasten«.

Also jeder Verstoß war eine »Beule«. Diese Beulen wurden morgens vom SV draußen im Raucherraum oder drinnen im Wohnzimmer vorgelesen. Je nach Verstoß wurde dann natürlich teils heftigst diskutiert. Nach eigenem Interessen gab es, bedingt durch jedermanns Vorgeschichte, teils heftige Versuche, andere zu manipulieren. Dies war das wahre Leben. Zu sehen, wie heftig sich Klienten selbst belogen und herum tricksten, waren sehr lehrreich. Es war aber auch nicht schön, denn man sollte sich stets vor Augen halten: Hier ging es um die Existenzen jedes Einzelnen. Die Therapeuten setzten sich täglich heftigen Situationen aus. So gab es auch Klienten, die schon viele,

viele Jahre Haft abgesessen hatten. Die Sucht im eigenen Kopf spielte hier natürlich eine riesige Rolle. Würde man stabil bleiben? Wie vielen Manipulationsversuchen konnte man widerstehen?

Die Therapie bot viele Möglichkeiten. Es gab generell ein tägliches, auf die Minute durchgeplantes Programm, welches zu absolvieren war. Kam man eine Minute zu spät, so viel dies auf und wurde unter Umständen geahndet. Es war hart, aber es war fair. Der Ablauf war ja nicht immer gleich. So wechselte das Programm beispielsweise von einem längeren Gruppengespräch zu einer Runde Entspannung. Und dazwischen gab es immer genügend Pausen. Am Anfang der Therapie war es seltsam, sich nun »einfach mal« zu entspannen. Für viele Klienten war dieser Zustand, gerade am Anfang der Therapie nur schwer auszuhalten. So drehte man sich um, zuckte, schnaufte oder wurde gerade dann erst recht unruhig, wenn man ruhig werden sollte. Verständlich für Personen, die sonst auf heftigste Drogen tagelang durchfeierten. Im Kern ging es darum, die Therapie in zwei Richtung vernünftig auszurichten: Körper und Geist. Durch Sport oder Entspannung tat man regelmäßig etwas für den Körper. Durch Gespräche über eigene oder fremde Themen tat man etwas für den Geist. Ich empfand das Mischungsverhältnis aus beiden Richtungen hier sehr stimmig. So hatte die Struktur nicht nur »einen Weg«.

Sondern viele, kleine Pfade, die aber alle zu dem richtigen Ziel führten.

Für mich war die Analyse der eigenen Lebensgeschichte sehr entscheidend. So sah ich nach einigen Gesprächen, dass ich mich in meiner Rolle als Opfer jahrelang selbst in Geiselhaft genommen hatte. Ich sah die Freiheit vor lauter Bierdosen nicht. Es war unglaublich befreiend, auf einmal völlig neue Ansichten und Perspektiven vor Augen zu haben. Die Therapeuten, die einem wirklich zuhörten und auch verstanden. Die Personen, die wirklich darum bemüht waren, Menschen auf Abwegen zu helfen. Wieder auf die richtige Spur zurückzufinden. Das begeisterte mich. Nach und nach entwickelte sich mein persönlicher Weg durch diese Therapie. Im späteren Verlauf gab es auch wieder die Möglichkeit, die Kontakte nach außen zu pflegen. Der Kontakt zu meiner Freundin riss ab, was aufgrund der Entfernung und Vorgeschichte verständlich war. Darüber war ich natürlich auch einige Zeit traurig, akzeptierte dies dann aber auch als natürliche Konsequenz und Bestandteil des Weges. Den Kontakt zu meiner Familie konnte allerdings frisch und neu beginnen. Darüber freute ich mich sehr, zumal es viel gab, was ich einfach in der Vergangenheit liegen lassen konnte. Und für meine Familie war es auch sehr gut und hilfreich. Das tat besonders gut. Eine positive Therapieteilnahme ermöglichte es auch mir in der zweiten Jahreshälfte, an gemeinsamen Ausgängen in die Stadt teilnehmen zu dürfen. Man ging mindestens zu zweit und nach der Rückkehr musste man immer einen Alkoholtest machen. Nach einem Jahr in der stationären Therapie bekam ich 2005 meinen regulären Abschluss einlaminiert in die Hand gedrückt. Dies bedeutete nicht nur einen Abschied von den Therapeuten, sondern auch einen örtlichen Wechsel von der stationären Einrichtung auf dem Berg, runter zum Stadtrand. In die sogenannte Adaption: dem ambulanten Therapieteil in einer Art WG.

35. Kapitel - ambulante Therapie - Resozialisierung

Nach dem Umzug in die Adaption lernte ich dort wieder neue Therapeuten und soziale Mitarbeiter kennen. Auch dort gab es eine tägliche Betreuung und eine Nachtwache für eventuelle Notfälle. Man bewohnte hier auch Ein- oder Zweibettzimmer. Ich bewohnte die ganze Zeit ein Zweibettzimmer, welches ich überwiegend alleine nutzen konnte. Mein Pate, welcher schon einige Zeit vor mir in die Ambulanz umgezogen war, begrüßte mich auch hier. Er zeigte mir, wie man zum Beispiel eine türkische Sucukpfanne zubereitet. Sehr lecker! In der Adaption ging es darum, sich durch schulische oder berufliche Maßnahmen selbst in ein soziales Umfeld einzufinden und einzugliedern. Natürlich: Auch hier gab es Abbrüche oder Rückfälle. Das war und ist in einer Therapie völlig normal.
 Es galt, sich möglichst auf sich selbst zu konzentrieren und die eigenen Ziele nicht aus den Augen zu verlieren. Da dieser Teil ebenfalls Bestandteil der bezahlten Therapie war, musste man sich nicht Sorgen um Geld für Miete oder Lebensunterhalt machen. Ein Taschengeld bekam man in regelmäßigen Abständen ausbezahlt. Seinen beruflichen oder schulischen Einstieg konnte man entspannt planen und starten. Es gab hier auch Gruppen- und Einzelgespräche, jedoch wesentlich seltener. Fahrten zur Familie konnten von hier ebenfalls stattfinden. Nach der

Heimkehr wurde man zunächst immer auf Alkohol getestet. Später nur noch stichprobenartig. Noch seltener fanden Drogentests statt. Als beruflichen Einstieg wählte ich zunächst einen Teilzeitjob und holte meinen Hauptschulabschluss an einer Abendschule nach. Zum Ende der Therapie konnte ich einfach eine Straße weiter eine kleine Wohnung im zweiten Stock beziehen. Und dort erlebte eine lustige Zeit am Rande eines Problemviertels. Bedingt durch den Wohnort lernte ich durch die Nachbarn auch einige türkische Wörter. Ich hatte lustige, angenehme und auch weniger angenehme Nachbarn. Aber im Großen und Ganzen konnte ich hier sehr gut von vorne beginnen. Meine gesunde Zeit begann. Endlich konnte ich wieder bei null anfangen.

36. Kapitel - Neuanfang

Es folgten Vollzeitjobs über verschiedene Zeitarbeitsfirmen. Die Finanz- und Wirtschaftskrise 2007 machte sich 2008 leider auch in Deutschland bemerkbar. Finanziellen Altlasten konnte ich im Rahmen einer privaten Insolvenz loswerden. Nach diversen Bewerbungsversuchen erhielt ich Ende 2008 noch vor Weihnachten eine Zusage zu einer Stelle. Diesmal ohne Zeitarbeitsfirma. Dies war wirklich gutes Karma. Im folgenden Frühjahr begann ich meine neue Arbeit als Bürohilfe. Diese Firma verkaufte Verbrauchsmaterial für Drucker. In dieser Firma brachte man mir bei, wie man mit Kunden telefoniert. Dort und im Selbststudium lernte so einiges über Drucker kennen. Der Chef und der Prokurist hatten eine wirklich sehr, sehr große Geduld. Bis zum Jahr 2015 erlernte ich vieles zum kaufmännischen Bereich. Zu Hause übte ich sehr diszipliniert mit Prüfungsmaterial. Und absolvierte aus eigenem Antrieb heraus, eine externe Prüfung zum Kaufmann für Büromanagement. Ich wechselte noch einmal Wohnort und Arbeitgeber, nachdem ich meine neue Freundin kennenlernte. Die Tätigkeit wechselte zunächst zur Kundenbetreuung, danach zur Arbeit im Versand. Ich wollte nach über fünf Jahren vorwiegend kaufmännischer Tätigkeiten endlich auch mal körperliche Arbeit verrichten. Privat lief alles rund. Doch meinen Traum von früher, mit einem Computer zu arbeiten, wollte ich endlich Realität werden lassen. Was mir nach drei Jahren im Versand auch gelang. Neben meiner Vollzeitarbeit bildete ich mich auf eigene Kosten weiter. Und absolvierte 2020 eine Prüfung zum Fachinformatiker. Und es dauerte nicht lang, da konnte ich durch eine interne Stellenausschreibung eine Stelle in der IT Abteilung ergattern. So gelang es mir letztendlich sogar, meinen Traumjob zu bekommen.

37. Kapitel - Epilog

Ich stehe auf dem Berg in Schöningen und blicke hinaus in den Horizont. Es ist für mich toll, diesen Moment erleben zu dürfen. Oft fahre ich hierher und spaziere eine Runde. Ich gehe immer den gleichen Weg, weil der Weg eine gesunde Routine bedeutet. Ich mag es, zwischen rationale oder emotionale Denkweise zu unterschieden. Mich selbst zu analysieren und zu hinterfragen, ob etwas wirklich nötig ist oder nicht. Wofür ist es nötig oder wichtig? Welche negativen Verhaltensweisen habe ich und möchte ich diese überhaupt wirklich ändern? Inwieweit kann ich ein Vorbild sein? Mein Denken zu hinterfragen, ist für mich lebenswichtig. Ich sah ein Röntgenbild von meinem Gehirn mit viele weiße Punkte. An denen nichts mehr ist. Mein Kurzzeitgedächtnis hat extrem unter dem jahrelangen Konsum gelitten. Wenn ich Informationen auswendig lernen möchte, muss ich diese wesentlich öfter konsumieren, damit diese hängen bleiben. Wenn es nur das wäre. Menschen, die ich ein oder zweimal gesehen habe, kann sich mein Gehirn nicht merken. Damit ich die Fahrtstrecke zu einem bestimmten Ort verinnerlicht habe, muss ich diese Strecke bestimmt fünf Mal fahren. Es macht mir Angst, dass ich die Namen mancher Menschen nicht mehr kenne. Oder längere Zeit brauche, bis diese Informationen aus dem Langzeitgedächtnis wieder hervorgekrochen kommen. Ja, ich bin vergesslich geworden. Aber ich habe eine Armada von Hilfsmitteln, dem entgegenzuwirken. Es ist aus meiner Sicht auch wichtig, mit dem, wie ich diesen Weg ging, bei mir zu bleiben. Soll heißen, jeder muss seinen Weg selbst finden und diesen gehen wollen. Ich wünsche Dir, wenn auch unbekannterweise: eine Familie, Kraft und Gesundheit.

Vielen Dank.

Jan Nebelfrost